エルサレムの悲哀

村田靖子
Murata Yasuko

木犀社

エルサレムの悲哀

「エルサレムの悲哀」とは、「バグダッド潰瘍」と同じように風土病で、この町の哀しみをおびた美と残酷な雰囲気から生まれる。尊大でかつ、侘びしくも荒涼としたたたずまいの、砂漠に立つ城壁に囲まれた山の砦の美。カタルシスなしの悲劇の美。地上のどこよりも多く、神の名の下に犯された殺人、凌辱、略奪を目撃してきたあまたの灼熱の岩に、ヤハヴェの怒れる顔がじっと向けられている。ここに住む者たちは聖なるものに汚染されている。この町の祭祀で、「エルサレムの悲哀」を病んだヨセフス・フラヴィウスはこんな文を書き残した——「聖なるものと、死すべき運命《さだめ》にある人間の営みは、調和ある結合を知らない」。この町の住民はモザイクで、しかもモザイク模様をつくる小片はどれもぴったりと合わさらない。

——アーサー・ケストラー『紺碧に矢』

目次

刻まれた十字架 7
エル=タージ家の館 35
声をなくした少女 77
鏡台 95
喪があけて 113
ようこそ、パレスチナへ 137
約束 159
ライラの夜 173
メア・クルパ 201

刻まれた十字架

ぼくたち三人が着いたころ、広場はすでに人でいっぱいだった。

ライトアップされた「西の壁」の前にびっしりとユダヤ教徒が張りつくようにして祈っている。身体を前後に揺らしながら一心不乱に祈る姿からは、陶酔しているようにも見受けられる。この壁が「嘆きの壁」として知られているのも、なるほどとうなずける。宗派によるちがいなのか、小さくて丸形の頭蓋帽《キッパ》だけの人や大きい祈祷ショールをその上からかぶる人もいる。キッパにも色や素材などいろいろな種類があるようだ。

壁の右側三分の一ほどが女性専用の祈りの場に充てられていて、思い思いの服装で祈っていた。

ユダヤ暦アブ月九日《ティシャ・ベアブ》にあたるその日は、古代、二度にわたってユダヤ教のエルサレム神殿を異教徒に破壊されたといわれている日だ。はるか昔におきた神殿破壊を嘆き、祈りの言葉をとなえながら壁に向かっている姿を見ていると、記憶こそ彼らのよりどころなのだと思い知らされる。ぼくは、この壁のことを、容赦なく追いかけてくる記憶の激流をせき止めるダムだ、といったイスラエルの詩人のことを思った。

いちだんと高い神殿の丘を造成するための盛り土を支える石垣が、なんどかの地震による崩落や戦いで破壊され、その上に土砂が何層にも積もった。石垣のほんの一画だけが残って掘り出されたもの、それが「西の壁」だ。石垣の下半分は地面より下に埋もれているという。白みがかった薄茶色の巨大な石を積み上げた壁には、石のわずかな継ぎ目から、ところどころ、大きく育ったケッパーの枝が緑の葉をこんもりと茂らせて垂れ下がっている。

日本からエルサレムのヘブライ大学に留学していたぼくは、二人の黒人神父、レオポールとピエールにもちかけて、ティシャ・ベアブと呼ばれるその神殿破壊の記念日に、ユダヤ教の祈りの場に身を置いてみることにした。

三人は陽が落ちたあと、城壁のヤッフォ門から旧市街へはいった。昼間は売り子がうるさく声をかけてくるアラブ人の土産物屋が軒をつらねるが、すでに折りたたみ式の鉄の戸をかたく閉ざしていた。ぼくたちは階段状の狭くて暗い道を、ユダヤ教徒たちの人の波にまぎれて進んだ。どんどん下っていき、右へ曲がり、それから左へ。最後にもっと狭い路地を右へ曲がると検問所があった。若いイスラエル兵から荷物検査を受けてそこを過ぎると、急に視界が開けて西の壁広場の前に出た。

ぼくたちは石敷きの広場の真ん中にすわり込み、ユダヤ教徒たちの祈りの姿を長いこと眺めていた。破壊された神殿の一部を何千年も愛おしみ懐かしみ、こうしてわずかに残った壁の前でひたすら祈るユダヤ人たちに、ぼくは畏怖を覚えた。この場所はかつてマグレブ地区とよばれて、北アフリカのモロッコなどからきたアラブ人たちが多く住みついていたという。六日戦争こと第三次中東戦争に勝利して、東エルサレムにある旧市街がイスラエルの支配下になると同時に、壁の近くまでひしめく家々はアラブ人住民の抗議を無視して、電撃的にブルドーザーで一掃され、この大きな広場がつくられた。ユダヤ教の唯一の聖地に世界中から押し寄せてくるユダヤ人の、祈りの場を確保するためだった。

幾層にも積もった歴史の記憶は、ときにマグマのように噴き出して残酷無比な結果を生む。勝者は奪い、破壊する。この地ではそれがいくどとなく繰り返されてきた。根無し草だったユダヤ人がこの地に根を生やす場所をもったときにも、同じような蛮行がたくさんなされたのだ。

第二次大戦後、国連が建国を決議するというかつてない経緯から生まれたイスラエルは、人類史上まれに見るユートピアとなるはずだったが、それはつかの間の夢だったのだろうか。共に生きるはずだったパレスチナ人への弾圧や殺傷をするような、ただの普通の国になってしまった。

ぼくはイスラエルの現実を知るようになってから、少しばかり幻滅を感じはじめていた。この国は取り返しのつかない一線を越えてしまった。エルサレムには、勝者の威丈高な空気と、どこかで道を踏み外してしまったのではないかという疑念と悔恨の空気が、入りまじってたちこめている気がした。

呻き声のような祈りの場に、異教徒の黒人二人と日本人が居合わせていた。ぼくは、その場の光景に目を見開いて不思議なものでも見るように、ただ唖然として見入るレオポールの顔と、目の前で一心に祈るユダヤ人たちを冷ややかな面持ちで見つめるピエールの顔とを見比べていた。

二人に出会ったのは、ラティスボン修道院という、かつてはカトリックの修道院だったが、当時はユダヤ教とキリスト教の宗教間相互理解を推進するための教育センターとなっている所だった。ぼくは五年間、この修道院を宿舎としてヘブライ大学に通った。聖書学で博士号をとるために留学してきて、寝泊まりしていたのは、狭いベッドに勉強机と椅子、木製の本棚があるだけの簡素な小さい部屋が廊下の両側にならぶ、石造りの建物だった。十九世紀末ごろに建てられたもので、城壁で囲まれた安全なエルサレムの町から離れた荒れ野にぽつんと立つ修道院だったという。今では新市街のほぼ中心部になっているが、敷地が広いこととバス通りに面していないこともあって、町中とは思えない静けさだ。

エルサレムの夏の夜でも、東京のように、暑くて眠れないことがたまにあった。ある晩ぼくはベッドの上で輾転反側し、夜中に起き出して、廊下の外れにある共同キッチンの冷蔵庫に入れておいたペットボトルの水を飲みに行った。食器棚の戸を閉める音が、気をつけたはずなのに反響した。長い石の廊下がまるで共鳴箱のようになって、テーブルの上にしずかに置いたつもりのグラスの音も、思いのほか大きく響いた。

ぼくがのどをうるおしているところへ、のっそりとパジャマ姿で体格のよい黒人があらわれ、レオポールと名のった。新しい入居者だった。

汚れを知らない幼児と人生の重みを背負った老人が同居しているような容貌で、ひと目では年齢のわからない男だ。肌の色はあくまでも黒く、その深みのある黒は濃い緑色をおびて光っていた。コンゴ民主共和国からきた神父だという。内戦で多くの人が死ぬ国を離れるのはつらかった。苦しむ人たちに寄り添うことが自分の務めだが、聖地エルサレムで学んでこいという指令が出れば、断れないでしょう？　で、きました。そういいながら冷蔵庫から自分のペットボトルを取り出し、勢いよくばたんと扉を閉じた。廊下の向こうの外れまで響く音に、思わずふたりで首をすくめて顔を見合わせたとたん、ぼくの目を見て神父はにっと笑った。その笑みに、瞬間的にぼくは剥き出しの柔和さを見た。

数日後にまたひとり、黒人神父が到着した。地下の食堂で、ほかの住人たちと朝食をとっていたとき、年のいったヨナタン神父に連れられてきたのが、ピエールだった。

フランスの海外県、マルチニック島からきたと自己紹介した。ピエールはひんやりした地下の食堂にカリブ海の温かい空気をはこんできた。小柄でスリム、濃い褐色の肌に、頭皮に張りついた短い縮れ毛は黒。身のこなしが軽やかで、話しながらも右へ左へと聞き手の方へ身体を向ける仕草がなんともリズミカルだった。テーブルを囲む人たちは、ピエールがおもしろおかしく話してくれた長い飛行機旅のエピソードと、彼がもたらしたさわやかさを、長いこと雨を待ちうけていた草木のように吸い込んだ。

その笑い声には、たしかにぼくも慰められた。けれどもそこには、屈託なさそうでいて、かすかな翳りが混じっているように感じられた。研究にも行き詰まり、日本に残してきた妻との関係もあやしくなってきていた状態だったぼくは、自分がかかえていた不安を、そこに重ねていたのかもしれない。

レオポールとピエールは、数少ない黒人神父同士ということで、それなりに近しくなっていったようだった。ぼくが二人と親しくなったのは、この施設の住人がおもに白人で、彼らと肌の色が違う者だったからだろうか。

飛行機旅も初めて、外国へ出るのも初めてだったというレオポールは、右も左もわからずに聖地エルサレムにたどり着き、あちこちの国からやってきた新移民のユダヤ人たちにまじって、ヘブライ語を母語としない者を対象にした語学学校《ウルパン》でヘブライ語を習いはじめた。いそいそと学校へ通う姿は、覚えたてのアルファベットを喜々として使ってみせる子どものように見えた。レオポールはウルパンの初級クラスの授業を楽しんでいるようだった。

「右から左へ書くって、面白いねー。こんな言語もあるんだね、びっくりだよ。」

夕食後、テレビ室でフランス・テレビ局のニュースを観てから、廊下をいっしょに歩いてそれぞれの部屋にもどる途中で、レオポールは茶目っ気たっぷりに目をくるくるさせた。

「宿題がたくさんあるんだ。」
例のにっという笑いを見せて、レオポールは、軽い足取りで自分の部屋の中に消えた。

ラティスボン修道院の周囲には高い石塀がめぐらされていた。入口に立つ二本の石の門柱は太く、そこに取りつけられた鉄製の両開きの扉も、上部が唐草模様の透かし彫りになっているとはいえ、どっしりしていて、片方の扉だけでもぐっと力を入れて押さなければ開けられない。この辺りは、昔はジャッカルがうろついていたような場所だ。こうした万全の構えが必要だったのだろう。

門の中に足を踏み入れるとすぐ目の前に、薄いベージュ色のエルサレム石でつくられた二階建ての建物が横長に左右に広がり、左端には小さなチャペルがある。チャペルには一階部分の廊下からもはいれるが、外階段もついている。建物の正面入口の前には、十段ほどの裾広がりになった幅の広い石段があった。

ぼくが日本からここに着いたとき、空港からの乗り合いタクシーを門の前で降り、大きなスーツケースをころがしてラティスボン修道院の敷地内にはいってゆくと、早朝にもかかわらず、この石段の中ほどあたりまで下りたところに、背の高いヨナタン神父がすっくと立ち、到着を待っていてくれた。日本からきたのかと英語で話しかけられ、そうだと答えると、老神父は足もとに注意しながら一段一段、ゆっくりと石段の一番下まで下りてきて、ようこそと迎えてくれた。そのときの、神父のぬくもりのある手が力強くこちらの手をつつむ握手の感触を、かかえていた不安とともに、今でも克明に覚えている。

二階建てに見える大きな建物は、よく見れば、一階部分の下に地階の明かり取りがあり、全体で、三階建ての構造になっている。いかにも、あちこちつぎはぎしたらしい建物だが、建材はすべてエルサレム石で統一され、増築、改築の跡はあらわには見えなかった。地面よりやや高い一階部分には、縁に石の欄干がめぐらされた回廊式の廊下があり、その屋根の上にも同じ石の欄干があってバルコニーになっている。

庭にはマリア像を中央に置いた浅い円形の石造りの窪みがあり、池として造られたようだが、水ははいっていない。敷地内には夾竹桃やらブーゲンビリアやらが咲き乱れ、そのほか名の知れない樹木もかなり茂っている。居室がならぶ建物の裏側は強い西日が照りつけるため、窓にとりつけた鎧戸を閉めて熱をさえぎらなければならないが、それとは反対に表側は日陰になって涼しく、午後は二階のルーフバルコニーで本を読んだり休んだりすることもあった。

ある日の午後、シャワーを浴びたあと、タオルで髪をふきながらバルコニーで涼んでいると、ピエールが門からはいってくるのが見えた。手をふって声をかけると、しばらくして二階に上がってきた。

バルコニーの椅子にかけ、ふたりでしゃべっているあいだ中、少し離れたバス通りからパトカーや救急車がサイレンを鳴らしながら走ってゆくのがきこえてくる。たてつづけに何台も走ってゆけば、自爆テロのような事件かもしれないと気になるが、そうでなければサイレンは、エルサレムではしょっちゅう流れているBGMだ。

つらかったなー、フランスでは。まだ若かったこともある……。自分のほうから話しはじめたピエールはつとめて明るく装った。だが、だれかに話さずにはいられない鬱屈した気分でいることは、それとなく伝わってきた。……この肌の色じゃ、やっぱり、いろいろあってさ。そんなのが博士課程で学位をとろうってんだから、きれいごとではすまなくて……。彼はその先をいいよどみ、話し出した自分を恥じるようにさっと立ち上がると、バルコニーの欄干まで足早に歩いていった。そして、欄干に片肘をついて寄りかかりざま振り返り、また話に戻った。

故郷のマルチニック島じゃ、陽気だったよ。成績もいつだって一番だったし。それが、フランスに留学したとたん、うちのめされたよ。大学の教授も同じゼミの学生も、なんとなく……っていうか、けっこうあからさまなんだ。差別さ。こっちも萎縮してたし。

父親はビジネスマンで、母親は高校で歴史を教えていた。中流家庭でもかなり恵まれていたほうで、毎年、夏休みにはパリへ家族旅行をしていたという。

苦悩をつつむさわやかさなどあるはずもないが、ピエールは陽気な笑い声を上げた。昔のことさ。今じゃ、そうとう慣れたな。心配するな。きみとだと、なんか、こう、話したくなるんだな。こんなこと、くだくだ話したってどうなるもんでもない。だろっ? 肌が黒かろうが白かろうが、人間なんだよ。問題は人間であることさ。それ自体が、すでに病いなんだから……どうすることもできやしない。くそっ!

こんな言葉まで出てくるなんて。ピエールは神を捨てようとしているのか。いや、もう捨ててしまったのか。それでも、きみには信仰があるはずだと、ついぼくは口にしてしまった。ばかな言葉だった。

「信仰ねー……いっそ、精神分析でも学ぼうかと思っているんだよ……。」

軽くいなすようにそういうと、顔を見られたくないのか、ピエールはくるりと背を向けた。ぼくはひどく動揺した。彼の背中には、孤立した闘いの疲れがにじんでいた。

ヘブライ語を学ぶかたわらレオポールは、時間さえあれば、エルサレムの町をせっせと歩きまわっていた。まるで聖地を自分の足でくまなく踏みしめることが責務であるかのように。語学学校《ウルパン》の授業がない週末にはきまってその姿を見かけた人たちは、たくましい黒人が、よもや神父だとは思いも寄らなかったにちがいない。わずかな奨学金では、バス代も倹約したかったのだろう。春から秋まではTシャツに短パン、ゴム草履姿で、雨がちの日が多い短い冬には、安物のジャンパーとよれよれのズボンに、素足にズック靴といった身なり。外見こそみすぼらしいが、彼の歩く姿に信仰そのものの体現を見たように感じて、ぼくは深い感動を覚えた。

ある日、考えごとをしながら下を向いてラティスボン修道院近くの広い独立公園の芝生を横切っていると、大声で呼びかける者がいる。顔を上げると、ぼくをそっくりつつみ込むような温かい笑みをたたえ、レオポールが地響きしそうな足取りで歩み寄ってきた。そして、最近とみに増えてきた外国人労働者にまちがえられたよ、これで三度目だ、とおどけつつ嘆いてみせた。

しだいに憑かれた者の様相をおびてきたレオポールの徘徊は週末以外にもおよび、噂が立つようになった。いつのまにか、ウルパンも休みがちになっていたらしい。初級、中級と進むにつれ、ヘブライ語は難しくなる。毎日習う新しい単語に加えて複雑な語尾変化も覚えるのは大変で、レオポールの前に立ちはだかるようになったのだろう。

夕食どきに食堂で見かけるレオポールは老け込んで、黒い縮れ毛に白いものが目だつようになっていた。ある晩、レオポールは食事のあとでぼくとならんで部屋へもどるとき、ぼそぼそと語りかけてきた。

今日はオリーブ山の「主が泣かれた教会」に行ってきましたよ。わたしは、あそこの小さなチャペルが好きでね。行ったことあるかな？　二、三十人しかはいれないチャペルなんだけど。祭壇は旧市街に向かってつくられた大きな窓で、放射線状にひろがる細い鉄の桟がはいったガラス窓越しに、旧市街がすっかり見渡せる。あそこから見るエルサレムはかくべつだな。美しい。聖地にいられることを、心から主に感謝する気持ちになるよ。

ずいぶん久しぶりに、彼の、にっとする笑みを目にしながら、ぼくは耳を傾けた。

でも、あそこにすわっていると、イエスさまとおなじように涙が流れてくる。かなしいんですよ、とっても。この美しい聖地で争いがやまない。わたしの国でも殺し合いがつづいている。なぜ、わたしは今ここにいるんだろう。ここにいていいんだろうか。国へもどって苦しむ人々と共にいたい。でも、国ははるかに遠い……。

レオポールが話してくれた「主が泣かれた教会」のチャペルには、留学したてのころにぼくも行ったことがある。旧市街を突っ切って向こう側にあるライオン門から城壁の外に出て、幹線道路のヘブロン通りを横切り、ゲッセマネの園の脇から細い坂道を歩いてオリーブ山を上る。山の中腹にあるチャペルの庭から見下ろすと、眼下にびっしりと墓がならぶ。ところどころに古い墓石が瓦礫のように積み上げられているし、刻まれた文字が読めないほど摩滅した墓石が、あちこちで傾いたままになっている。打ち捨てられ、荒れはてたユダヤ人墓地だ。おびただしい数の墓が足もとから山の下の方まで、そして、さらに道路をはさんで向こう側の、神殿の丘の麓から城壁間際まで、すき間がないほど地面を覆い尽くしている。

あの丘に立ってエルサレムを眺めるのはかなしい、というレオポールの言葉はぼくの心にすっとしみ込んできた。死海方面からエリコ街道でエルサレムへ向かい、ここまでたどり着いたイエスが、エルサレムの町を見下ろし、眼下の神殿で繰り広げられるあさましい人間の営みを見て泣かれたという。

人間の営みは今も昔も変わらない。さもしい金銭欲と宗教上の争いの深刻さも複雑さも、イエスの時代そのままだ。この聖地にいて、いつの世も変わらぬ人間の愚行に思いを馳せると、宗教の無力さを突き付けられる。充溢する信仰心が絶望へ、あるいは狂信的な行動へと一転することもままあるだろう。

だが、レオポールはあくまでも神の慈愛にすがる者たちと共にありたいと願っている。その素朴さにぼくは胸を打たれた。

ぼくたちはいつのまにか、廊下のはずれにある共同キッチンまできていた。レオポールの悲嘆に寄り添う以外に、ぼくには何もできなかった。しばらく沈黙があったあと、「自分があるべき場所にいないんだ」と彼は思いつめたようにつぶやくと、こちらの反応を待たずに「じゃ、おやすみ」と小さくいって、自室にもどっていった。

それからしばらくして、レオポールはラティスボン修道院から出ていった。ヨナタン神父にも止められなかった。老神父の話では、どこか市内の孤児院で働くことになったという。ヘブライ語の勉強よりも、わたしにはふさわしい、といっていたらしい。

彼が去っていった日の夕食時、ピエールがくるのを待って、同じテーブルで食べた。レオポールのことを話すとピエールは、「そうか」といったままふさぎ込んだ。そのあとはひと言もしゃべらず食べ終わると、「じゃ、また」といって、さっさと食堂から引き上げていった。

数日後、ピエールが自分も「主が泣かれた教会」に行ってきたとぼくに告げた。あそこからエルサレムを眺めて、孤児院で働いているレオポールのことを考えたよ。何にもしがみつかないで、ただ神の御心のままにと自分をゆだねているように見えたが、そんな心にも血がにじんでいたんだろうな。

目の前に広がるイエス・キリストが歩いたエルサレムは、ピエールには、もはや嫌悪と敗北感とかなしみが入りまじった痛みしかよびおこさなかったようだ。レオポールの思い出話をそれとなくしたあとで、つかの間黙してから彼は真顔でつぶやいた。

「……ここは石の町だ。びっしり建っている家まで墓石に見える。石で埋めつくされてる。何千年ものあいだ、巡礼たちがひとつひとつ、胸から石の涙を落としていった。そういうところだ。」

ピエールの言葉をきいていてぼくは、エルサレムにきてまだまもないころに旧市街にある聖墳墓教会へ行ったときの鮮烈な印象がよみがえってきた。教会の地下の溜め池へむかう階段を下っていくと、粗削りなままのノミの痕が残る両側の壁が、釘か刃物のようなもので刻まれたらしい無数の小さな十字の形で埋め尽くされていた。

古代から、夢にまで見た聖地へと旅をしてきたキリスト教徒の巡礼たちが、命からがらこの聖なる都のいちばん聖なる教会にたどり着いた証を残そうとして刻んだ十字架だという。巡礼たちのなかには、ここまでたどり着けずに旅の途中で客死した者も、また、たどり着いてすぐに命を落とした者もおおぜいいたにちがいない。この聖地でみまかりたいと願い、老いた身体を引きずるようにしてここまできた者さえいたという。

エルサレムは、イエス・キリストに命を与えられた者たちが生涯にいちどは訪れたいと願う所だが、それなのに、けっして人をやさしく抱擁してはくれない。まるで、与えられた命に棘を刺してくるような、気をゆるめられない雰囲気さえただよっている。

エルサレムでの五年にわたる研究のすえ、ぼくは博士論文をようやく完成し、つぎの仕事が待っている日本に帰った。それからの多忙な生活のなかでも、時折、レオポールとピエールとはそれぞれに手紙のやりとりをしていたが、ともに音信はいつのまにか途絶えた。

二年後の夏、ぼくは、聖書学の学術会議でエルサレムを訪れる機会があり、会議の合間に黒人神父たちの消息をさぐった。

なつかしいラティスボン修道院に泊まり、世話役をしていたヨナタン神父が引退したあとを引き継いだ若いフランス人神父から、ピエールが研究を途中で投げ出して、とつぜん姿を消したと告げられた。一瞬はっとしたが、ぼくはすぐに、そうかと納得がいった。同時に聖職もなげうったのではないかという疑問が脳裏をよぎったが、それ以上は問わなかった。ピエールはエルサレムを去ったとしても、行く先などあったのだろうかと、胸がふさがれる思いがした。

いっぽう、レオポールのいどころをつきとめるのは容易ではなかった。

一週間ほどの短い滞在のあいだに、ぼくはあちこちに電話で問い合わせをしてようやく、レオポールが初めに奉仕活動をしていた孤児院で腰を悪くし、その後、体調を崩して、今はヘルツルの丘近くにあるシャーレイ・ツェデク病院に入院しているという情報を得た。いちど退院して、それからまた入院したというが、容体のはっきりしたことはつかめなかった。

翌日、ぼくははやる気持ちをおさえつつ、スコーパス山のヘブライ大学からバスで町の西郊へと向かった。

バスは左手にアラブ人村を見ながら山を下っていく。まるでむぞうさにサイコロでもころがしたかのように、コンクリートの大きな箱に似た家が散らばっている。城壁で囲まれた旧市街の南側を迂回して走ってゆき、西エルサレムにはいるとすぐに、黒ずくめの服に身を包んだ超正統派ユダヤ教徒が密集して暮らすメア・シェアリム付近をとおりすぎた。この辺りは道路が狭いうえに坂道で、おまけに自動車の数も多く、だれもがわれ先に進もうとするのでいつでも渋滞する。数珠つなぎの車は、どれもが一センチでも前へ進もう、あわよくば前の車を追い越そうと、ひっきりなしにクラクションを鳴らし、あげくのはてに前にもうしろにも動けなくなった車がまた、これでもかと力いっぱいクラクションを鳴らす。エルサレムでの暮らしは、自分を強く主張しないとやってゆけないのだ。騒音が町全体を覆う。

ようやく喧噪を後にし、目抜き通りのヤッフォ通りにはいると、バスは市民の台所というにふさわしいマハネ・イェフダ市場のそばの停留所で止まった。待ちかねていたように、野菜、果物、肉、魚、パンといった食料品をたくさん詰め込んだ大きな買い物袋を下げた客たちが、どっと乗り込んでくる。そこからバスはまっすぐ中央バスターミナル脇の停留所に向かい、そこでおおぜいの乗客が降り、また新たにおおぜいの客が乗り込む。

まだ降りてないぞ！　ドアを開けろ！　とだれかが叫ぶと、運転手がいったん閉めた降車口のドアを開ける。降りるのがすんでドアが閉まろうとすると、別の乗客が、まてまて、乳母車が乗るぞ！　とどなった。

　するとたちまち、すでに立錐の余地もなくぎゅう詰めになっていたバスの乗客たちが、文句もいわずに肩をすぼめ、身をよじって少しずつあいだを詰めた。そして、ほら、そっち、もってやれ！　もっとつめろ！　と声がかかり、数人が手伝って開いたままの降車口から乳母車と母親をどうにか乗せた。ああ、助かった、ありがとう！　と頭にスカーフを巻いた超正統派ユダヤ教徒の若い女が礼をいい、それを合図にバスは何事もなかったかのように走り出した。

　エルサレムでは、われ先にと人を押しのけんばかりの剣幕が、あっという間に助け合いの精神に豹変する。それも、ただそうするのが当たり前だからといったふうで、親切ぶった表情も言葉もそこにはなかった。そうした場面にたびたび遭遇してぼくは、そのちぐはぐさに、初めのころはよく面食らったものだ。

　かれこれ小一時間が過ぎて、すでに陽が傾きはじめたころ、ヘルツルの丘の間近に立つ病院にたどりついた。巨大な建物を前にしてぼくは、イスラエル人の友人が自嘲気味にいっていたことを思い出した。イスラエルでは軍備はもちろん、緊急事態にそなえた防備とそれにまつわるものはすべて、莫大な予算をかけた最新テクノロジーと近代的な建物を完備している。こんなことにいちばん金を注ぎ込むって、ふつうじゃないよな。だから教育や福祉に金がまわらないいんだ、と。

ぼくは正面入口の受付で事情を話し、レオポール・ペテロという名前を告げた。そんな患者はいない、そんなはずはない、と押し問答があってから、受付の係員がもういちどコンピューターで検索してようやく見つけた。その患者なら集中治療室にいるはずだから別の入口の受付へまわれという。

いわれたとおりに建物を半周したあたりにある入口にたどり着き、あらためて面会を申し込んだ。エチオピアからきたユダヤ人らしい端正な顔立ちの黒い肌の受付係が、患者照会簿を繰ったものの、すげなく、ない、と答えた。そんなはずはない、正面入口でここにいるはずだといわれた。いないわけがない、とこっちもまけずに食いさがる。

係の人がもういちど初めからページをめくる。うしろにならんだ人が、さっさとしろっと声を荒げながら、さかんにぼくの前に割り込もうとするのを、足を踏んばって必死にこらえた。

外ではとつぜん闇が降りた。エルサレムでは黄昏どきが短い。風もひんやりしてきた。

ふと目をそらすと、暗くなった駐車場に止められた車のタイヤのそばで、老いさらばえた黒い猫がうずくまっていた。猫は建物の入り口からもれる明かりがようやく届くあたりにいて、薄くなった毛が風で逆立っているのがわかる。猫は病を得たら意識するのだろうか。

レオポール・ペテロがありました、とようやく受付係が告げた。

ほら、ちゃんとあるじゃないか。よーく、見てくれなきゃだめだろ！　とっさに相手を責めるきつい言葉が口から出かかった。この国にくるといつのまにか、ぼくまで戦闘モードに切り替わっている。

入り組んだ巨大病院の廊下の角をいくつも曲がり、患者やら見舞い客やらにぶつかりそうになりながら、教えられたエレベーターにたどりついた。ドアの前で待つあいだも、レオポールの容態がどんな具合なのか心配で不安がつのる。ドアが開くと、ベッドごと患者を運ぶための大型エレベーターだった。ほかに乗る人もなく、中はがらんとしていて、ざわついていた廊下から急に別世界に迷い込んでしまったかのようだった。途中の階でもだれひとり乗ってこない。ふっと、「死刑台のエレベーター」という映画のタイトルが頭をよぎった。

五階でようやくエレベーターから解き放たれ、看護師を呼びとめて、集中治療室はどこかと尋ねると、この階全体が集中治療のフロアだという。フロア中をあちこち探し歩いて、ようやくレオポールがいると思われる所にたどり着いた。

たくさんの機器に囲まれたベッドがいくつもあるが、ひとつ以外はみな空だ。まるでそこは、そのひとつのベッドに寝ている患者をひとりぼっちにして、あとは全員、患者も看護師も医者もいっせいにいなくなってしまったのかと思わせるような一角だった。

ぼくは、つま先立っておそるおそるベッドの方に目をやった。やせこけた黒人が何本ものチューブで生命維持装置につながれて横たわっている。装置から気ぜわしげに発せられるパルス音にせかされ、意を決してそろそろとそのベッドに近づき、じっと目を凝らして息をのんだ。

頬がくぼみ、かつての精悍さはなくなってはいたが、それは、まぎれもなくレオポールだった。

いったい、あのたくましい、屈強な肉体はどこへいってしまったのか。わずか二年のあいだに、なぜこんなみじめな姿になってしまったのだろう。

周りにはぼくの問いに答えてくれる人はだれもいない。ぼくはレオポールの耳もとに、そっと呼びかけてみた。なんど呼んでも、横たわる男は目を開けず、ぴくりともしない。

深い眠りなのか昏睡状態なのか……。

途方にくれているところへ医師らしい人が姿を見せたので、容態を尋ねてみた。間柄を確認してから、運良く担当医だといって、詳しく説明してくれた。結核がもとで衰弱が始まり、手を尽くしてみたが効果は見られず、数日前から昏睡に陥っている。すでに脳が植物状態になっており、なすすべがない。もう長くはないでしょう、とつぶやくようにもらして医者は、ぼくの肩にそっと手を置いてから、その場を立ち去った。

ぼくは呆然と立ちつくし、レオポールからしばらく目を放せないでいた。足音をたてずに近づいてきた看護師が、友だちかとうしろから声をかけてきた。ぼくが振り返らずにうなずくと、看護師は低くお気の毒にと慰めの言葉を残して去っていった。

気を取り直してぼくは、かたわらの椅子をベッドに引き寄せ、レオポールに寄り添うようにしてすわった。そうして、しばらく顔を見つめているうちに、しだいに胸のうちの動揺もおさまり、やつれ果てたその顔に、初めてラティスボン修道院の共同キッチンで出会ったときの、あの、幼児のような汚れを知らない柔和さを感じられるようになった。

レオポールは、かかえていた苦しみも悲しみも、すっかりぬぐい去られてしまったかのように、安らいでいた。彼も聖墳墓教会の壁に小さな十字架を刻んだのだろうか。

ぼくは、彼の魂がアフリカの地に戻れることを祈って、別れを告げた。

エル＝タージ家の館

結婚式は難民キャンプの一隅でおこなわれた。曇天だったが、目の前に広がる海は波も立たず静かだった。

日乾し煉瓦を積み重ねてセメントで上塗りしただけの粗末な家の床に、寄せ集めの擦り切れた数枚の絨毯が敷き詰められ、料理がならべられていた。宴の準備は二日前から母親と叔母を中心にして進められ、近所の女たちにも助けてもらった。

マハの花嫁衣装は、同居している叔母が貸してくれた。彼女がパレスチナの家から追い立てられたときに、無理をして荷物に詰め込んだものだ。ゆるやかな長い袖に、くるぶしまであるゆったりした丈の黒地のドレスは、胸もとに手のこんだ色とりどりの花柄の細かい刺繍がふんだんにほどこされ、袖口回りと裾回りにも、ぐるりと同じような刺繍がある。

赤や緑の糸に、金糸、銀糸がまじって黒地によく映えた。

一九四八年、イスラエルの建国と同時にユダヤ人とアラブ人とのあいだで戦争が始まり、マハの親の世代はパレスチナの地を追われ、七十数万人といわれる大量の難民が生み出されて、その農地や宅地はイスラエルに没収された。この過酷な迫害をパレスチナ人はナクバ（大災厄）と呼んで、現代まで続くパレスチナ問題の根源とみなしている。大混乱のなか、マハの親たちはわずかな身の回りの品だけを持ってトラックに乗せられ、初めは現在のヨルダンとほぼ同じ領域だったトランスヨルダンへ送られたが、その後、地中海を隔てたリビアの難民キャンプへと移された。そこで生まれ育ったマハは、こんな立派な花嫁衣装を見たことがなかった。ドレスを着て、近所の女が化粧をしてくれると急におとなびて、いっそう美しさが際立った。長くたっぷりした黒髪をアップに結い上げ、一輪の白い大きな花を耳もとに飾っていたが、マハは花嫁らしい晴れやかさを見せることもなく、むしろ何か思いつめているように口を結んでいた。

相手はアメリカへ移住したパレスチナ人の長男だった。知り合いつながりというだけでまとまった縁である。女たちは、アメリカで商売に成功した同胞のところに嫁いでゆくマハへ口々に祝福の言葉を投げかけたが、そこには羨望やねたみが透けて見えた。

よく考えて自分で決めたはずの結婚だったが、式が近づくにつれて、マハはしだいに胸苦しさを感じて落ち着かなくなった。みんなを難民キャンプに残して自分だけアメリカに渡り、不自由のない生活を始めることに後ろめたさを感じたためでもあるが、気丈とはいえ、ひとりで知らない国へ嫁ぐ不安もある。

夕暮れになると、難民キャンプの外れにある浜辺の突端にすわり、地中海に見入ることが多くなった。昼間の威嚇するような光の残滓を秘めながら暮れゆく空が水平線とひとつになるあたりを、ただじっと眺めていると、町の喧噪も難民キャンプの騒音も遠のき、きこえるのは波の音だけだった。水平線に太陽が沈み、空に赤みが消えてゆくと、光と闇が拮抗する青がひろがる。ほのかな水色からしだいに青味をおび、濃い青になって、空の一部にかすかな光の帯を残して紺から濃紺へと変わりゆく青の世界は、マハの整理のつかない心を鎮めてくれた。

「おじいさんが建てたパレスチナの家も、地中海に面した浜辺から、そう遠くないところにあったんだ。」

いつか、マハに父親が話してくれたことがあった。代々パレスチナに暮らしていた一家は大地主だったという。

「おじいさんは銀行の頭取をしていたし、広いオレンジ畑とオリーブ畑をもっていた。戦争ですべて失ってしまったよ。あっという間のことだ。石でできた家は、それはそれは大きくて、美しい建物だった。おとなたちは中庭《パティオ》でよくコーヒーを飲みながら、近所の人たちとおしゃべりをしていたし、母さんと叔母さんはいつもパティオに面した広間でピアノを弾いていたものだ。

おまえに、あの家を見せてやりたかったなー。あのころは、まわりのユダヤ人とも争いごとなんてなかったし……。」

そう話すとき、父親は遠くを見るような目つきになった。

「……エジプトから熱波《ハムシーン》がくると、何日間か、耐えられないくらいじっとりした暑さで、小さいころは、裸足で広い家の中をかけずりまわったものさ。忘れられないなー、あの石の床の、ひんやりした感触……暑くて寝苦しいと、ベッドから下りて床に寝たこともあった。これがまた、格別なんだよ……。」

地中海に面したアフリカ大陸のリビアからアメリカに渡ったあと、難民キャンプのだれもがうらやんだマハの結婚生活は長くはつづかなかった。

息子が生まれ、その二年後には娘と、育児に忙しい日々がつづいたのは、マハにとってはむしろ救いだった。いろいろ迷ったあげくに決心した結婚だったが、わずかな蜜月期間が過ぎると、小さな口論から始まって、やがて夫が暴力をふるうようになった。

「忘れたのか。おまえなんか、薄汚ない難民キャンプから、拾ってきてやったんじゃねーか……。」

恩着せがましくののしられて、マハの気持ちは引き潮のように夫から離れた。マハは思い切って、シカゴ市警察署に夫婦間暴力の通報をした。が、警察は宗教もしきたりも違う家族への介入を拒否したので、マハは子どもを連れて家を出て、「DVに苦しむ人を支援する会」というNGOが運営するシェルターに身を寄せた。下の子がまだ一歳にならないときのことだった。

シェルターの斡旋で弁護士事務所に雑務要員として雇われたのは、幸運だった。小さなベッドルーム二つに、トイレとシャワーがいっしょになった狭い洗面所とキッチンだけの古い安アパートでの暮らしだったが、ほかに行き場のない、閉ざされた難民キャンプでの生活を考えれば耐えられた。

事務所で働いた五年間で英語も上達し、事務能力も買われて、その後マハはひとりの弁護士の秘書になった。そのころから大学の夜間部で法律を学びはじめると、いずれはロースクールまで行って弁護士になろうと心に誓った。離婚を決めてから、出口の見えないトンネルのようだったマハの人生の行く手に、ようやく小さな光が見えてきた。

いつの日かかならずイスラエルでパレスチナ人のために弁護士として働こうという決心が固まると、二人の子どもをかかえたシングルマザーとしてのアメリカでの生活にも張り合いと意義が生まれた。

夜間の学部を卒業し、いよいよロースクールに入学する直前の夏、マハは職場から休暇をもらい、イスラエルで二カ月間のヘブライ語集中夏期講座をとることにした。学部時代からヘブライ語の授業を履修して、中級まで進んだところだった。

エルサレムにいくつもあるクルド料理のレストランのなかでも、その店のくつろげる雰囲気が、マハとナアヴァは気に入っていた。西エルサレムにある繁華街の、丸石が埋め込まれて歩きにくい路地の奥にあって、腕を広げると両側の建物の壁に手がとどくほどの狭い道を行くと、ぽっかりと小さな広場に出る。かつては周囲の数軒の家が取り囲む内庭だったのだろう。周りに軒を連ねるレストランやカフェが広場いっぱいにテーブルと椅子をならべている。昔から旅人が、中東でこのうえなく快適とたたえてきたエルサレムの夏の夜を客たちは満喫しながら食事を楽しむ。

店内の床には隅々までクルドのキリム絨毯が敷き詰められている。緑や赤や紺が基調の幾何学模様のもの、さまざまな色をとりまぜた花柄のもの、流れるようにして蔓状植物がからんで這いまわる唐草模様のもの、といくつかのパターンがある。壁際には、大きなものから小さなものまで、横長のものから四角いものまで、サイズも形もいろいろなクッションが置かれていて、客たちが思い思いに寄り掛かれるようになっている。クッションの布地の色も赤、茶、緑、黄とさまざまなうえ、布地にはふんだんに刺繍がほどこされていて複雑な色の組み合わせになっていた。そして、ところどころに脚が短く、背丈の低いテーブルが配置されている。

ふたりは、人気のある外の椅子席ではなく、レストラン内の片隅に席をとった。落ち着いて食事を楽しめるし、ゆっくり話ができるのが何よりだった。

白髪まじりの髪をヘナで明るい赤に染め、猫っ毛のその少ない髪をくるりとたくし上げて髪留めでまとめたナアヴァは、ゆったりしたサマードレスを着て、すっかりリラックスした様子で壁際のクッションのひとつに身を沈めていた。髪の色にマッチする赤みがかった煉瓦色の、軽い綿モスリンのドレスは、ナアヴァの透き通るような白い肌を際立たせていた。

ふたりはエルサレム・ヘブライ大学の二カ月にわたるヘブライ語夏期集中講座のクラスで、ともにアメリカからやってきた受講生として出会った。ユダヤ人のナアヴァはすでに長いキャリアをもつ弁護士で、いっぽうパレスチナ人のマハは、これから弁護士を目ざす少し年のいった大学生だった。最初の授業で、クラス全員がつたないヘブライ語で自己紹介をし合ったとき、ナアヴァがお金とは縁のない案件ばかりを扱ってきたと話すのをきいて、マハは好感をもったが、ユダヤ人とつき合うことに二の足を踏む気持ちもあった。アメリカで通った大学の法学部の夜間コースにも、秘書として働いている弁護士事務所にも、ユダヤ人はおおぜいいた。なかには「ナチと同じだ」とイスラエルを過激な言葉で批判するユダヤ人もいて、そんな人とであれば打ち解けたことがあっても、友だちといえる関係にまで深めるとなると、いつもためらいがあった。

授業が終わると、ナアヴァがつかつかとマハのところへやってきて、「いっしょにお昼食べない？」と声をかけた。それがすばやく自然なふるまいだったので、マハは相手がユダヤ人だとかまえる余裕もなかった。そうして、そのままいっしょにあれこれしゃべりながらキャフェテリアへ向かい、それが始まりで、ふたりはよく食事に出かける間柄になった。

ナアヴァはマハの思惑など知るはずもなかった。少しでも興味をもてばすぐに行動に移す気性なのだ。相手がパレスチナ人であろうと中国人であろうと、こだわりは何もない。

「なぜよ！　なぜ、あなたみたいなアメリカのユダヤ人が、もっと声を上げてくれないの？あたしたちパレスチナの難民たちに必要なのは、自由で公平な考え方ができるアメリカのユダヤ人なのよ。わかってるくせに！」

マハはレストランにいることも忘れて、声高にナアヴァを責め立てていた。

「このままじゃ、絶望的よ、パレスチナ人にとっても、それにイスラエルのユダヤ人にだって……。」

「あたしは闘うのはとっくにやめたの。黒人の公民権運動でやれるだけやったわ。もういちど、イスラエルの問題で同じことをする自信も、自分を駆り立てるものも、もうないと思う。」

ナアヴァはこれまでになんべんも説明したことを、また口にするのはうんざりだという様子で念を押すようにいった。

「あなた、昔はコミュニストだったったんでしょ?」

マハは、こりもせず話を蒸し返した。

「共産党員にはならなかったって、いったはずだけど。党の青年部の勉強会にはいってただけよ……父親の影響で。」

「とにかく、パレスチナ人にはあなたのようなユダヤ人が必要なの!」

「やめてよ、もうそんな話は。あたしの価値観はずっと変わっていない。でも行動パターンは変わったのよ。だって、いくら力を合わせたって、イスラエルは変わらないもの。」

「いつも、そうやって逃げるんだから……。」

「イスラエルの現実を見なさいよ。世界に模範となるユートピアになるはずだった国は、もう見る影もないことはわかるでしょ。どんどん反対の方向に変わっていく。どうやったって、それはもう食い止められないと思うわ。」

ナアヴァは、リアリズムを前面に出してきた。

「パレスチナ人はどうなるの!」

「イスラエルはパレスチナ人を抑圧もするし、殺しもする。ふつうの国になったってことよ。」

「そんな……。」

「だから、いったでしょ。あたしだって腹立たしいのよ。でも、この国のばかな政治家と軍がやる気なんだから……。」

「そんなの許せない。」

マハは唇をかんでナアヴァをにらんだ。

「つまりは、自分たちがやられる前に相手をやっつける強いユダヤ人になったの。金輪際、おめおめと屠殺場へ連れていかれる羊にはならないぞって、決意したんだから……あたしはこの国の現実をありのままに見て、いってるだけ。イスラエルはふつうの軍国主義国家になりさがった。恐怖心……そう、皆殺しにされるっていうユダヤ人の強迫観念よ、根っこにあるのは。」

「そうやって……いつまでたっても、ホロコーストを盾にとっている！」

こんな押し問答に出口はない。マハが許せないというのはもっともだ。が、イスラエルに暮らす友人や知人のアラブへの恐怖心はまぎれもない事実だった。なんども引き裂かれる思いに苦しんだが、答えは出ないし出るはずもない。そう考えを巡らすナアヴァに、マハは納得するはずがなかった。

「ナアヴァ……あなたのお父さん、アメリカで初めて黒人の弁護を引き受けた白人弁護士だったんでしょ？　スペイン内戦にまで参加した。そんな人の娘だっていうのに……。」

父親のことまで引き合いに出されたナアヴァは、このままでは果てしない堂々めぐりをまた繰り返しそうな気がして、「そろそろ帰ろうか」とウェイターを探して、すばやく勘定をたのんだ。

七時過ぎに店にきたときはまだ閑散としていたが、九時をまわるそのころになると店内はほぼ満席になっていた。ふたりの話題は混み合った食事の場でいつまでもできるたぐいのものではない。支払いを済ませ、クルド人のウェイターにチップをはずんで店を出た。外の椅子席もみごとにふさがっていた。焼けつく暑さの真夏でも、高地のエルサレムの夜はひんやりして心地いい。ふたりはごった返す路地を前後一列になってとおり抜け、広い通りをならんで歩くようになってからも、黙りこくったままだった。レストランでの会話が池に落ちた石が波紋を生み出すように、それぞれの頭のなかで反響していた。

ナアヴァは、共産党員だった自分の父親のことをマハが口にしたのを思い返した。ボルチモアからニューヨークに引っ越してから、父親がＦＢＩ、連邦捜査局に連行されて数日もどってこなかったこと、家の前には、いつもＦＢＩの監視員が立っていて、学校の行き帰りに、いやでも父親が見張られているという現実をつきつけられたこと――遠い昔のことだったが、ナアヴァは今でもはっきり覚えている。

ヤッフォ通りの外れからダマスカス門の方角へ歩くようになると、この辺りがまだトランスヨルダン領だったころのことをナアヴァは想像していた。建国から一九六七年の六日戦争が終わるまでの十九年間、この町はスナイパーよけのコンクリートの防御壁とロール状有刺鉄線を置いた道路、そして地雷が敷設された無人地帯で分断されていたという。

当時の情況に気をうばわれて足もとがおろそかになっていたナアヴァは、ダマスカス門近くのアラブ・バスの発着所に着いたとたんに、穴ぼこに足をとられてよろめいた。すんでのところで倒れそうになるのをマハにささえられて、ころばないですんだ。

「やだー、足首ひねっちゃった。だいじょうぶかなー」といいながら、ナアヴァは右手でマハの肩につかまりながら片足立ちして、左の足首をゆっくりまわしてみた。ちょっと痛むが、どうやら捻挫はしていないようだった。

あらためて周囲を見回してみると、舗装道路の痛みがはげしく、ところどころ穴も開いている。この辺りに来ると、とたんにインフラ整備が遅れているのがひと目でわかる。道路はゴミだらけで、気をつけないと水たまりにはまり、サンダルも足も濡れてしまう。

「ほら、これだからね……まったく！　ヨルダン川西岸のユダヤ人入植地の建設と警備にはわんさと金をつぎこむのに。」

ナアヴァが辺りに聞こえよがしにいった。マハが肩を貸して、ふたりは少し先にあるアラブ人用の乗り合いタクシー乗り場へ向かった。

「今までに述べてきたように、なんといっても軍が力をもつイスラエルの社会では、残念ながら、いまだに女性の社会的地位は低いといいわざるをえません。皆さんは外国からきて、この国では女性たちは丁々発止でものをいうし、かならず仕事もしているから、きっと女性の社会的地位が高いのではないかと誤解するかもしれませんが、まだまだそうはなっていません。現実には、女性にとって厳しい状況がつづいているのです。」

あるフェミニスト活動団体の会長も務めるという講師が、女性をめぐる社会的環境についての講義を、手厳しく締めくくった。この女性はヘブライ大学で社会学の非常勤講師もしているらしい。

スコーパス山にあるヘブライ大学のヘブライ語夏期講座では、週に一回、ヘブライ語による特別講義の時間があり、中級クラス以上の受講生たちはイスラエル社会についての講義を受ける。

講義のあとの質疑応答の時間になると、ほぼ完璧なヘブライ語で執拗に細かい質問をする、ひとりの青年がみんなの注目を集めた。最前列で身を乗りだすようにしてメモをとりながら聴いていた上級クラスの男だ。マハはその受講生と講師とのやりとりをひと言も聴きもらすまいと、神経を集中していた。隣にすわるナアヴァにも、その熱っぽい緊張感が伝わってきた。

ほかに数名が質問してから質疑応答の時間が終わったあともマハは、しばらく席を立つのも忘れて、感じいったようにナアヴァに話しかけた。

「一番前でさかんに質問していた人、パレスチナ人なのよ。あそこまでヘブライ語ができれば、いずれちゃんとイスラエルでも弁護士として働けるわね……。」

マハは、オランダからきている、そのパレスチナ人弁護士のことを人づてにきいていた。

「マハにもきっとできるわよ！」

ナアヴァはマハのいちずな向上心に、かつての自分を重ねて励ました。

この講座でヘブライ語を習う真剣さでは、ふたりはまったく違っていた。ナアヴァは休暇を兼ねた気軽な受講生といったところだったが、マハのほうはまさに勤勉な生徒で、講義のあとでさかんに質問をしていた弁護士のパレスチナ人受講生に触発されて、早くそのレベルに達したい、そしてイスラエルで自分と同じ境遇にあるパレスチナ人のために弁護士として働きたいという一心から、山のように出る宿題も必死にこなした。

まるで物見遊山にきているような顔をしているナアヴァにも、実は、もうずいぶん昔のことだが、三年ともたなかった結婚生活のあとでイスラエルへの移住を試みたことがあった。

いっこうに働こうとしない黒人の夫に、ナアヴァのほうからさっさと見切りをつけたのだ。あとから考えれば、若さゆえの傲慢、寛容さの不足、ささいなことでの取り返しのつかない喧嘩と、こちらにも反省すべき点があったことはたしかだが、それはそれで、別れる運命にあった男だったのだと心の底から納得できた。

まだ若かったこともあるが、離婚して人生の新たな段階へ進むためには、どうしても大きな変化が必要だった。ナアヴァは、それまでにもなんどか考えたことがあるイスラエルへの移住を実行に移した。ヘブライ語さえものにすれば、ニューヨークでの弁護士のキャリアをイスラエルでも生かせると見込んだのだが、そう簡単にことは運ばなかった。新移民受け入れプログラムに組み込まれ、毎日の大半をヘブライ語習得に充てることになったが、年齢もあるのだろうか、予想以上に難しくて壁に突き当たった。それに加えて、イスラエル社会そのものがナアヴァの決心を根底から揺さぶることになる。

というのも、北部の港湾都市ハイファの新移民受け入れ居住地に住んでいたとき、イスラエルを囲むエジプト、ヨルダン、シリアのアラブ三カ国との第三次中東戦争が勃発し、さてどうなることかと思ったら、わずか六日間で終わり、イスラエル中が勝利に酔いしれたのだ。テレビニュースでは、喜びに湧くエルサレムの様子を繰り返し流していた。あちこちの前線からもどった兵士たちが、肩から自動小銃を吊り下げたまま、占領してイスラエル領となったばかりの東エルサレム旧市街にある、「嘆きの壁」とも呼ばれる「西の壁」の前で驚喜し、乱舞し、陶酔状態で祈っている。醜悪なものを目にしたナアヴァは、思わずテレビのスイッチを切った。

学生時代、父親の影響もあってアメリカの黒人公民権運動に身を投じたナアヴァは、もういちど、こんどはイスラエルでパレスチナ人のために同じことができるかと自問した。ああした運動へのめり込むことは自分にはもうできない。そういうエネルギーは精神と肉体の両方が同時に熟した瞬間にしか生まれないもので、一生に一度あるかないかのことだと思うと、悔しさが大きな鉛の塊のように心を塞いだ。

結局、イスラエルでの新移民同化プロジェクトの半ばでイスラエルで働くことに大きな疑問を抱き、ナアヴァはやむなく移住を諦めてアメリカへ舞い戻り、刑事事件専門の弁護活動をするニューヨーク市の嘱託弁護士事務所に勤める生活を、ふたたび始めることになったのだ。

「ねー、これからまた、旧市街に行ってみない？」

ある日、授業がすんで、いつものように連れ立って寮に帰る途中で、ナアヴァがマハを誘った。

マハは授業の合間に教室の外に出て、旧市街が見渡せるところでひとり芝生に寝転んでくつろぐことがあった。そうするとまず目にとびこんでくるのが黄金に輝く「岩のドーム」だった。その向こうに石造りの家々が密集している。さして広くもない土地に、つばぜり合いをするようにひしめく屋根を見ていると、記憶のかなたの太古の昔からエルサレムがくぐってきた、血なまぐさい歴史を思わないわけにはいかない。ここはイスラム教徒たちには「聖なるもの」という意味のアル＝クドゥスとよばれる町なのだ。

この地を追われ、難民となった自分の家族のことを考え合わせれば、心の痛みと憤怒は、疼く傷のように消しがたい。ユダヤ教、キリスト教、イスラム教と三つの一神教がそれぞれに醸し出す空気が、上空から見れば四角い方舟のような縦横九百メートルほどの城壁内に幾世紀にもわたって澱のように溜まり、飽和状態になっている。

マハはエルサレムという町が好きになれなかった。もっとも、今暮らしているシカゴが好きかといわれればそうともいえない。それなのにナアヴァから旧市街に行かないかと声をかけられると、まるで魔法にかけられたようについ誘いにのってしまうのは不思議だと、自分でも思う。旧市街へ行くのは、これでもう三回目になった。

ふたりはスコーパス山のハダッサ病院前から、アラブ人のやっている乗り合いタクシーに乗った。ユダヤ人のバス会社が運行するバスもあるが、マハもナアヴァもこのヴァンタイプの乗り合いタクシーを使う。ふつうなら、ユダヤ人はまずこれには乗らないが、ナアヴァはこの町でのそんな慣習にはいっさい無頓着を決め込んだ。乗り合わせた人がすべてアラブ人でもいっこうに気にかけない。料金がずっと安いこともあるが、それ以上に、弱い立場に置かれた人びとの側に立つのが当たり前という、身体の芯まで根付いた正義感からだった。たとえアメリカであろうとイスラエルであろうと、どこにいても彼女の姿勢は変わらない。

ナアヴァは、もう二十年以上も前に計画半ばで投げ出した、自身のイスラエル移住のことを思い出しながら、窓の外の景色を見ていた。投げ出さざるをえないほど嫌いになったこのエルサレムに毎年のようにやってくるのは、友だちや知り合いがいるからとばかりもいえない。

この町にいると相変わらず苛立ち、腹立ち、居心地が悪くなり、すぐに逃げ出したくなるのに、ニューヨークにもどってしばらくすると無性に懐かしくなる。「エルサレム石は痛みをおぼえる唯一の石。神経網をもつ石」と、ある詩人が詠った、石だらけの光景を思い出して恋しくなるのだから不思議だ。自分でも制御できない、この矛盾した気持ちがナアヴァを駆り立てて、ニューヨークとエルサレムのあいだを渡り鳥のように、毎年行ったり来たりさせるのだった。

スコーパス山から下る道は大きく左に曲がり、さらに下ると、雑然としたアラブ人集落が見えてきた。コンクリートの四角い箱のような二階建て、三階建ての家々がなんの規則性もなく寄り集まり、屋上には使い古しのソファやら絨毯らしいものやらが無造作に放置されている。ところどころにオリーブの木が見えるが、それらをのぞけば、ほこりっぽい地面がむき出しだ。

反対側の窓の外へ目をやると、向こうに小高い丘がいくつも見える。丘の上はどこもかしこも削られて宅地に造成され新しいユダヤ人居住区になり、エルサレムはどんどん膨張している。いくつもの丘の上で、夏の光をうけて白く光って立ちならぶ住宅を見て、ナアヴァが墓石の列みたい、とひとりごちた。その不謹慎な言葉を耳にしてマハは、あちこちの丘の上を占領し増殖する住宅群を、何かが起こりそうな、かすかな不安を感じて眺め直した。

ふたりはダマスカス門近くの終点で乗り合いタクシーを降りた。古い城壁で囲まれた旧市街にあるいくつもの門のなかでも、アラブ・バスの発着所がすぐ目の前にあるダマスカス門はひときわ大きく、人の出入りも多い。この門から旧市街にはいると、左にイスラム教徒地区、右にキリスト教徒地区が分かれて位置している。

人で込み合う門の手前にある道の両脇には、萎れかけたミントの葉の束を山のように積んで売る女、子どもの玩具を広げて売る男と、多くのアラブ人の物売りがひしめき、そのあいだを観光客もかなり混じって、ひっきりなしに人が門へと向かう。鉤型に曲がった門は城壁と同じように大きな石を積んだ堅牢な造りで、とおり抜けるのがひと苦労なほど、いつでも人でごった返している。どうにか門を抜けると、その先に延びるだらだらと下る敷石道の両側には、土産物屋、コーヒーショップ、下着屋、飴や甘いものを売る菓子屋、洋服屋……がならび、おまけに、ならんだ店の前にも路上にすわりこんで雑多な物を商うアラブ人の物売りたちが陣取っているため、実際に人が歩ける部分はかなり狭い。

そんな狭苦しいところを、押し合いへし合いしながら人々が歩き、そのあいだをぬうようにして若い男たちが、うずたかく荷を積みあげた一輪車を、掛け声をかけながら巧みに押してとおってゆく。

ひよこ豆のコロッケ《ファラーフェル》屋からは揚げ油の臭いが漂ってくる。騒音も怒鳴り声も、ケバブが焼けるにおいも得体のしれない悪臭も、ほこりも汗も、すべてが渾然一体となった世界がそこにはある。

ふたりが後にしてきたスコーパス山の上には、西ヨーロッパの知を象徴するような大学がある。ヘブライ大学は要塞のように設計された近代的な建物だ。ところが、山を下りたところにあるこの旧市街は、古代や中世の地中海文化が城壁の中で醗酵を重ねたような息遣いを感じるアラブ人の町だ。

ナアヴァとマハは門から少し下ったところで二股に別れる道を右に進んだ。その辺りからは、細い道の両側に土産物、菓子、スパイス、音楽ＣＤやＤＶＤ、貴金属・宝石から日用品まで、あらゆる物を売るアラブ人の店がならぶ市場《シュク》だ。人ごみをかき分けて進んで、しばらくしてから右に折れると悲しみの道《ヴィア・ドロローサ》で、その途中にあるという有名なフムス屋を探した。ヘブライ語の講師が、ひよこ豆をペースト状にしたフムスなら「エルサレムじゃ、あそこがだんぜんおいしい。ぜったいのおすすめよ」と、この国の人ならではの、押しつけがましさと親切の見分けがつかない口調で教えてくれた店だ。

キリストが、自分が磔にされる十字架をかついでゴルゴダの丘まで歩いたというヴィア・ドロローサは、その由来を知らなければ、旧市街のどこにでもある石畳の小道だ。フムス屋の前には、評判を裏付ける長い行列ができていて、食べたい気持ちはいっぺんにそがれてしまった。

代わりに近くの店で、ピタパンにファラーフェルと、キュウリやトマトを賽の目に切ったサラダを詰めたスナックを買い、ほおばりながら道をそのまま上っていった。ほどなくして両側にキリスト教徒の巡礼観光客目当ての、イエス・キリストにまつわる品を売る土産物屋が軒を連ねるようになる。背をかがめないとおれないほど丈も低くて、幅も狭い、分厚い石でできたくぐり門のような短い通路を、反対側からくる人とぶつかり合いながら抜けると視界が開けて、古い石畳の小さな広場に出た。

広場の向こう正面に姿を見せたのは、追い詰められ、進退きわまってうずくまる醜悪な怪獣を連想させるような建造物だった。とはいっても、これは世界各国からの巡礼者を集める聖墳墓教会なのだ。もしも天国にいちばん近い聖地エルサレムにすっくと立つ美しい教会を夢見てきた巡礼であれば、この教会の姿を見て思いもよらない幻滅を味わうにちがいない。入口の巨大な木の扉は大きく開け放たれ、その上の壁には、太い鉄格子がはまった、うす汚れた窓がいくつかならんでいた。そして、なぜかそのうちのひとつの窓へむけて、朽ちかけたような木の梯子がはすかいに立て掛けてあるのだ。これがくだんの、そこに二世紀ものあいだ立て掛けられたままだといわれる梯子のようで、外せば宗派間の争いが起きるという。

「こんな悪趣味な教会、見たことない」と、ナアヴァがまるで断罪するかのようにいったので、マハはあらためて教会を眺めなおしてうなずいた。だが、意図的に美を排除したかとさえ思える教会の建物が醸し出す威圧的な重厚さを冷めた目で眺めていたのは、ふたりだけのようだった。おおぜいの観光客がつぎつぎに教会に吸い込まれてゆき、吐き出されてくる。

どこかで腰を下ろしてひと休みしようと辺りを見回して、ふたりは教会の前にある小さな広場の端、教会の入口を広場のちょうど向かい側から見わたせる位置にある三段ばかりの石段にすわった。目の前の大きさも形もまちまちな敷石はすり減って、磨き上げられたように光り、気をつけないと滑りそうだ。何百万、何千万、いや何億という数の人々が踏みしめた、その時間を思うと、敷石そのものが息づいているように見えてきた。

ふたりが教会の方に目を奪われているうちに、傍らに一匹の白い猫がしゃがみ込んでいた。ほどなく、猫はおもむろに立ち上がると、綿の花柄のスカートをはいたマハの膝に乗り、丸くなって目をとじてしまった。

猫といっしょにしばらく休んでいると、ふたりがすわっていた石段のうしろにある小さな教会から、長い法衣を着た老聖職者が姿を見せ、だれにともなく聞き慣れない言葉で呼び掛けた。すぐに静かにしていた猫が耳をぴくぴくさせると、ふうっと身をおこして伸びをし、マハの膝から飛び下りて声のする方へ一目散に駆けていった。聖職者の足もとをすりぬけて教会の中に猫が姿を消すと、木の扉は閉じられた。

イエス・キリストが鞭打ち刑をうけた円柱、十字架にかけられたゴルゴダの丘、その遺骸に香油を塗った場所、そして、イエスが葬られた墓――キリスト教徒にとっては、ぜひとも訪ねてみたい史蹟がいくつもこの聖墳墓教会の中にあるという言い伝えだが、マハもナアヴァも、観光客と巡礼たちでごったがえす教会にわざわざはいってみる気にもならなかった。

マハが気をとりなおして「もう少し歩こうか」といって腰を上げ、太ったナアヴァに手をさしのべて立ち上がるのを助けた。

人ごみをかきわけ、もと来た道をもどりはじめると、聖墳墓教会の横手と思われるところに、ふつうなら見過ごしてしまいそうな上へむかう階段があった。ゴミの掃きだめのような石段に関心を払う物好きな観光客はいない。

「ちょっと行ってみようか」とふたりで目配せして石段を上がると、上は通路のようになっていて、右側は石造りの建物で人が住んでいる様子だった。建物にはあちこちに入口がついていた。この小さな城郭都市エルサレムには、こんなふうに幾重にも重なり合いながら、無数の人間が暮らしている。

いっぽう左側には高い石塀が奥まで延びていて、ふたりはその塀に沿って歩いていった。するとその先はすぐに行き止まりになってギリシャ正教とおぼしき小さな教会があり、手前の石塀がとぎれた所から中側にはいれるようになっていた。

好奇心にかられてその中に足を踏み入れたとたん、静謐な空気を感じて、ナアヴァもマハもなんともいえない安らぎにつつまれた。どうやらそこは、聖墳墓教会の聖堂《バシリカ》の屋上に当たる所のようだった。石を積み上げ、その上に石の丸屋根を造り、全体を石灰モルタルで覆った小部屋ひとつほどの小屋がいくつかならんでいた。そのひとつ、粗末な板の扉が開いている小屋の外で、白い衣を着た黒い肌の修道僧が背もたれのない低い椅子にすわって一心に本を読んでいた。近寄ってそっと話しかけてみると、英語もヘブライ語も通じない。マハのアラビア語もだめだった。僧が、ひと言「エチオピア」と口にした。

十九世紀には聖墳墓教会内の所有権をめぐり、キリスト教各派が激しく争い、修道士たちの乱闘騒ぎも頻繁におきたという。そうした争いに負けてエチオピア正教会は、かろうじてこんなところに居場所を与えられたのだろう。修道僧たちが寄り添うように、ささやかな祈りと修養の場をもち、つつましく暮らしていた。巡礼や観光客が群れをなす雑踏と化したいちばん重要な教会の屋上には別世界があり、そこで目にしたのはひっそりした極限の清貧、だれをも無口にさせる混じり物のない信仰だった。

街歩きの魅力は横道に潜んでいる。さわやかな驚きに満たされて、ふたりは先ほどの石段をゴミをよけながら下り、悲しみの道《ヴィア・ドロローサ》をイスラム教徒地区の方へ、イエスがたどったのとは逆方向に歩いていった。角にオーストリア巡礼宿《ホスピス》が立つところまで来ると、そのちょうどはすむかいに、アラブ人のやっているコーヒーショップがあった。ふたりはコーヒーショップの窓を背にして外にならべてある椅子に腰を下ろした。

そこは、城壁の東側にあるライオン門から始まるヴィア・ドロローサがまっすぐにきて、初めて折れ曲がる所だ。十字架の道行きの十二カ所、もしくは十四カ所の留《りゅう》とよばれる地点があるが、このコーヒーショップのちょうど真向かいが、その三番目の留だった。これらの場所は、キリストが重い十字架をかついで歩き、ところどころで倒れたり、聖女ベロニカに顔の汗をぬぐってもらったり、むち打たれたりなどした所という、さまざまな言い伝えから定められたものだ。

ふたりがコーヒーを飲んでいるところへ、薄っぺらな白い木綿の長衣をまとい、腰回りを荒縄で巻いた格好の一団が第二の留の方からこちらへ向かってきた。巡礼観光客の「十字架の道行き体験ツアー」なのだろう。十五、六人ばかりの巡礼たちに囲まれるようにして真ん中を歩く男が、見るからに軽そうな木の十字架をかついでいる。一団はマハたちがいるコーヒーショップの前の留で立ち止まり、全員が頭を垂れてしばらく祈った。ここはキリストが十字架の重さに耐えきれず、ひざまづいた所だという。

「あんなか細い十字架じゃ、子どもだったころのイエスだって磔になんかできやしない。」

ナアヴァは思わず吹き出しかけて、あわてて片手で口をふさいだ。

祈りがすむと彼らは、プラスチック製の茨の冠をかぶった十字架のかつぎ手が交代して、次の留へと進んでいった。

十字架かつぎの巡礼団が過ぎ去ってしばらくして、その界隈の警備にあたるイスラエル兵たちが、耳障りな音をたてて鉄製の柵を何台も引きずってきた。さっきまでキリスト教徒の巡礼たちが祈っていたあたりにその鉄柵を置いて、道路の片側だけを通行止めにするらしい。少年っぽさが残る兵士が五、六人たむろしていたが、それから通りがかるアラブ人の若者たちをひとり、ふたりと呼び止め、いきなりヘブライ語で尋問しはじめた。ヘブライ語が通じないと、アラビア語のできる兵士に代わったが、一人数分ですむ場合もあれば、十分、十五分と長引く場合もあった。

マハとナアヴァからは少し距離があって、いくら耳をそばだてても尋問の内容まではききとれなかった。その日はとくにテロ事件がおきた日のようでもなかったので、日課の検問なのだろう。それにしては尋問は念入りで、ひとりの若者などはしつこく留め置かれ、対する兵士のほうも何人か入れ替わった。ふたりはお代わりしたコーヒーを飲みながら、気の毒なアラブ人の青年と半ば退屈そうに任務を遂行するイスラエル人の兵士とのやりとりに目を凝らした。

それから三十分ほどして青年は解放された。マハが待ちかねていたように駆け寄り何かいい、腕を引っ張ってナアヴァがいるテーブルまで連れてきた。

「大変ね。毎日やられるの？」

ナアヴァがほっとしたように笑いかけ英語できいた。

「ちくしょう！　おれ、なんにもしちゃいないぜ。あったまにくる。毎日、毎日、えらそうに。あいつら、おれと同い年だぜ。」

息巻く青年の興奮はなかなかおさまらないようだった。

その怒りに共感したマハは、それからしばらくアラビア語で彼と話し込んでいた。

「あんた、何やってんの、こんなとこで！」

とつぜん、通りがかりのスカーフをかぶった若い女性が彼に声をかけてきた。

「姉貴こそ、なんだよ、こんな時間に。仕事中だろ？」

「それが……クビになっちゃったのよ……。」

姉だという女性の顔は、大きな黒い目がくっきりとアイライナーで縁取られ、念入りに化粧をされていたらしかったが、たったいま涙をふき取ったばかりのようで、目の回りのラインはところどころまだらになってにじみ、頬には涙の筋があった。ことの顛末を姉が弟に話すのを、そばで最前列のまじめな聴衆のようにきいていたマハが話に加わった。青年は新たにふりかかってきた問題に怒りのもってゆき場を失い、肩をそびやかし、すてばちな様子ですぐに姿を消したが、マハと女性はそのあともコーヒーショップの椅子にすわって一時間近くも話し込んでいた。しょげ返る女性に同情したマハが携帯電話の番号とアメリカの住所を走り書きして手渡すと、彼女は一瞬マハの目をまっすぐに見てから礼をいい、重い足取りでその場を去った。

「二十一歳だそうよ。ユダヤ人と付き合ってるのがばれて、クビなんだって……アラブ人の会社よ。ロミオとジュリエットね……仲間の内でもいじめられるのよ。」

マハはふうっと溜め息をつき、椅子の背にもたれた。

なにごともなかったかのように、観光客も土地の人間もひっきりなしにふたりの目の前を行き交う。イスラエル兵の検問はまだつづいていた。

ナアヴァが運転するレンタカーは西エルサレムの新市街を出てから、長い下り坂を地中海方面へ向かっていた。マハの曾祖父が建てたエル＝タージ家の館がテルアビブの郊外にまだ残っているかどうか、その所在をナアヴァに手伝ってもらって探すためだった。助手席にすわったマハの横顔がいつになく張りつめている。標高八百メートルの山の上にあるエルサレムから海に面したテルアビブ方面へ下りはじめると、とたんに道路は切り立った崖っ端を走るようになり、右手の眼下には、その辺りにしては珍しくたくさんの木が茂った涸れ谷《ワジ》が開ける。まだ朝早いために谷には濃い霧がたちこめ、それまで目にしたことがないような幻想的な風景をつくりだしていた。

マハは、今はリビアの難民キャンプから移ってヨルダンに落ち着いている父親から、手紙と電話で教わった情報をぎっしり書き留めたメモを、前の晩から何度も読み返していた。幼年期の思い出がつまった館は、ぐるりとポーチがめぐらされていたという。

エル＝タージ家を中心にした村は、都会になりかけていたテルアビブが近く、近隣に住むユダヤ人との関係は良好で、村全体が発展し、学校や医療施設も充実していたということだ。

ナアヴァはその村に近い海辺の町で、案内役の助っ人をひとり乗せることにしていた。昔、イスラエルへの移住を目ざしてハイファの新移民同化プロジェクトの居住地にいたとき、ナアヴァは一家でアルゼンチンから移住してきていた家族の少年をかわいがっていた。今では、その少年アリエルも医者となり、結婚して三人の子どもの父親になっている。その辺りの土地勘がありそうな彼に、館探しを手伝ってもらおうというのだ。

アリエルが暮らす町からなら三十分もすれば見つかるものと、ナアヴァも彼も少しばかりのんきにかまえていた。昼食の最中も、彼の次女がチェスの世界ジュニア大会のイスラエル代表になったのはいいが、チェスで勝つ頭脳があっても心には問題があるようで、その話でもちきりだった。おまけに食事のあとにも柘榴のデザート、そしてトルココーヒーとつづき、なかなか席を立つ気配はなかった。それにひきかえマハは館のことが気がかりでのんびり味わうどころではなく、一刻も早く出かけたくてうずうずしていた。

ようやく助手席のアリエルが道案内をし、後部座席のマハが細かい指示を出すことにして、ナアヴァは運転を始めた。三十分ほど走ってから「おかしいなー、この辺りだと思っていたのに……」と案内人が頼りなげにつぶやいたころには、マハが手にしていたメモの紙はじっとり汗ばみ、くしゃくしゃになっていた。前の席にすわるふたりにきこえるようになんどもメモを読み上げたので、声もかすれぎみになっている。

いくつもの道路を走り横道も探ってみたものの、一帯をただぐるぐる巡っているだけのようで、いっこうに目当ての館らしいものは見えてこない。もう建物は残っていないのではないかという疑いが、ふと三人の頭の隅をかすめた。マハの父親が知らせてくれたアラビア語の村の名前や地名や通りの名は地図にもなく、尋ねた人にもまるで通じなかった。道路標識や通りの表示もあり、ヘブライ語とアラビア語の二つの言語でたしかに書いてある。だがそれらは、知らされていたものとはまったく違っていたり微妙にずれていたりするものや、さもなければ、ヘブライ語名をそのままアラビア文字表記にしただけのものもあった。

そうするうちに、あ、そうか！　と、ナアヴァには思い当ることがあった。ヨーロッパをはじめ、アラブ諸国からも大勢のユダヤ人たちが移住してくるようになってイスラエルは、国策として、それまでにここで営まれていたアラブ人たちの生活の痕跡を意識的にかなり消し去った、と書かれた歴史書を読んだのを思い出したのだ。シオニズムの精神をパレスチナの地に植えつけるためだったという。

今ここに暮らすユダヤ人たちは、以前ここにあったアラブ人村を破壊したあとに建設された村に住むようになった新移民で、そんな過去の経緯など知る由もない。

「もしかしたら、あれかも……」

しぼみゆく、はかない望みを頼りに二時間近くも探しあぐねたあと、マハが丘の上を指差したときには、すでに夕暮れがせまっていた。

迷ってはいりこんだ土ぼこりがたつ道だった。道からかなり離れたところに、さほど高くない丘があり、その上に目だって大きな建物が立っている。頭のなかに覚え込んだ情報に照らし合わせるとほぼ当てはまる。三人は顔を見合わせ、どこから近づいたものかと周囲を探ると、車一台がようやくとおれるほどの坂道が通じていることがわかった。

上りはじめるとすぐに守衛所があらわれ、自動小銃を手にした警備員が出てきて、用向きを尋ねてきた。アリエルが医者である自分の身分証明書を手渡しながら、「この立派な建物に関心がある友人を案内している。こちらはアメリカからきた建築史の研究家たちだ」と、もっともらしい嘘をついた。守衛は「トランクを開けろ」といいながら、車の中の女性二人をちらりと一瞥すると、うしろに回ってトランクの中を念入りに探った。車の下までひと通りチェックをすますと、「よし、行け」と、ぶっきらぼうにいった。

車がゆるやかな坂を進んでゆくにつれ、大きな建物がしだいに目の前に迫ってきた。うしろの座席から身を乗り出すようにしてフロントガラスに近づいてくる建物に見入っていたマハの顔が、とつぜんこらえきれなくなってゆがみ、大粒の涙がこぼれ落ちた。

ナアヴァは建物の前の、五、六台の車が留まれる駐車場に車を止め、エンジンを切った。急に静かになった車の中でマハは、同乗のふたりの身体を揺るがすような大きな声で泣いた。マハが落ち着くのを待って、三人は建物の前に立った。

光が当たれば白みを増す薄いベージュ色の石で造られたその建物は、長方形をした二階建てで丘の上全体を占めていた。七段ばかりの石の階段を上ると、正面入口に立つことになる。石段を上る前に下から見上げた三人は、その大きさに息をのんだ。建物の一階部分の外側をぐるりと取り囲んでいると思われる、回廊のようなポーチが美しい。

ポーチには、三メートルほどの間隔で太い石柱が立ち並び、柱と柱のあいだは上にいくにしたがって内側に湾曲して石壁が上部をふさぐようになっていて、二階に届くあたりの最上部で頂点を結び、とんがり帽子の先端をもつ空間をつくる。この優美な曲線をえがく空間をもつ列柱が、全体にめぐらされている。四角い石柱の湾曲が始まるまでの四つの面には、下から上まで細かい浮き彫りの模様がほどこされ、その浮き彫りは湾曲部分の回りにも縁飾りのようについていた。

気を落ち着けてさらに上を見上げると、二階のベランダには腰の高さまでの石の欄干がめぐらされ、欄干にはくりぬかれた縦長の穴が整然とならび、これも建物の装飾になっていた。ナアヴァとアリエルは壮麗なこの建物を見上げて、感嘆の声をあげて立ち尽くした。二人を待っていられずにマハはそわそわと周囲を歩きまわり、すみずみまでなめまわすようにしてたしかめると、目を輝かせてもどってきた。

ようやく探し当てた気分で三人そろって石段を上って建物の入口の前に立ち、石柱がならぶポーチの端の方まで見渡すと、夕暮れ前の太陽のシャープな光線が斜め上から当たり、光と列になった石柱の影とがくっきりと分かれていた。ポーチには、たくさんの鉢植えと、ところどころに木のベンチが置いてあった。その配置にも植えられた草花のみずみずしさにも、配慮のいきとどいた気遣いが感じられた。好もしく思いながらも、この建物はいったい何に使われているのだろうかといぶかしんだ。

これこそがエル=タージ家の館に相違ない。そう確信した三人は、屋内にはいれるものかどうかもわからずに、まっすぐに扉に向かった。マハが天井までありそうな、どっしりした木製の扉についた金属製の把っ手に手をかけると、扉がすっと中へ開いた。

互いに顔を見交わして、いっしょに足を踏み入れてみると、そこは大きな広間になっていた。中央にはグランドピアノが置かれている。高い丸天井を支える壁の部分には帯状に唐草模様の浮き彫りがほどこされ、御影石を敷いた矩形の床の周囲には、いくつかアーチ型の扉があった。そしてすぐに扉のひとつから、来訪者の気配を察知して中年の女性が現れ、「面会ですか」と尋ねてきた。

質問の意味がつかめずに、アリエルが英語でそれをナアヴァに伝えようとするのを見て、女性はすぐにヘブライ語から英語に切り替えて、「患者さんへの面会は、あらかじめ通知していただくことになっています」と事務的にいった。ここは国立の精神病院の別館で、軽い精神疾患を病む患者たちが寝泊まりし、周りの農地でリハビリを兼ねた農作業をする施設になっているのだという。

「精神病院」という思いがけない言葉の出現に、一瞬マハはたじろぎ、声をあげそうになった。

「そうですか……この家はもともと、ここにいるパレスチナ人女性のお祖父さんが建てられたものなんですよ。それが、一九四八年の戦争で没収されて……。」

落ち着いてナアヴァが対応し、その先を説明しようとすると、女性は「あ、そう」と軽くさえぎり、「じゃ、見学はこの広間だけにしていただきます」と、とりつくく島もなく話を打ち切ると、出てきたばかりの扉の向こうに消えた。

事態を悟ってマハは無言のまま、吸い寄せられるようにして中央に置かれたグランドピアノの傍らに行った。側板にドイツ語でベーゼンドルファーと記されている。ウィーンで作られた名品で、エル＝タージ家のものに間違いない。追い立てられたときに置き去りにされたピアノが、孤高を持するかのように気品を漂わせていた。

ふと気づいてマハは、確かめるようにして高い天井を見上げ、「ここは中庭《パティオ》だったはずだけど、没収したあとに明かり取りがある屋根で覆ったのね」といいながらピアノに視線をもどし、いとおしそうに両手をピアノの上にのせ、思いに沈んだ。あとの二人は、磨き上げられた御影石の床の感触をゆっくり味わいながら広間をひとめぐりして、ピアノのかたわらにある藤の応接セットに腰をおろし、マハを見ていた。

「おばあちゃんが弾いたピアノよ。」

ぽつりといってからマハは、ピアノのふたを開けた。そしてしばらく鍵盤を、祖母の奏でる音楽に耳を澄ますかのようにじっと見下ろしたあとで、名残惜しそうにふたを閉じた。

別棟の方でかすかに人の声がしたが、三人がいる広間は静まりかえっていた。

館は残った。だが、エル＝タージ家の平穏で豊かな世界は、ある日、忽然と失われた。村全体が破壊され、そこで脈々と営まれてきた生活も文化もぷっつりと途絶え、村人はすべて追放されて難民となった。

マハは断絶のただなかで生まれ、アメリカへと漂っていった。ナアヴァの遠い祖先が、ユダヤ人追放令でスペインから追われて離散《ディアスポラ》の民となったように。

地中海にほど近い丘の上に立つ、この美しい館だけは、蛮行をはたらいた者たちも破壊するに忍びなかったにちがいない。かろうじて残った館は深いかなしみをたたえて、消えてしまったアラブ人の村を見守っているかのようだった。

声をなくした少女

「ママ、こわいよー、ママーっ……。」

暗闇のなかで少女がうなされておびえた声を上げた。

「だいじょうぶよ。ママはここにいるでしょ……ほら、だれもこないわよ。だいじょうぶ。

し、ず、か、に、ね。」

母親が少女をそっと抱きしめ、それからささやくように歌った。

ねんねこ　いい子は　ねんねこよ
いい子は　しずかに　おねんねよ
ねんねこ　いい子よ　泣かないで

よしよし　いい子は　泣かないの
ほらほら　きたわよ　見回り兵
声がもれたら　撃たれるの
だから　いい子は　おねんねよ
おねんねしてね　いい子ちゃん

ハナは毎晩のように、うなされた。夫婦とひとり娘のハナは、両親に子ども二人の別の家族といっしょに、狭い部屋で寝起きしていた。同じ広さの隣の部屋にも、祖父母を含めて八人の家族がすし詰めになっている。上の階にも下の階にも、町のあちこちから追い立てられてきた家族が押し込められて暮らしていた。

高い塀で囲まれたユダヤ人隔離居住区、ゲットーの夜は静まり返っている。

カッツ、カッツ、カッツ……。

塀の外側に沿ってドイツ兵が二人一組で巡回してくると、革ブーツの靴底の鋲が敷石道を打つ鋭い音が辺りを威圧するように響きわたる。

おとなも子どもも、その音が去るまでのあいだ、じっと息をこらす。

暗闇に突き刺さるような金属音が、しだいに遠のいていった。

「ほーらね、兵隊たちはもういっちゃった……。」

「ハナは眠ってるかい?」

父親の声がして、それからはハナのかすかな寝息だけがきこえた。

数時間たったかと思われるころ、闇を切り裂く銃声が東の壁の方からきこえてきて、寝入っている人びとのささやかな安息を妨げた。逃げ出そうとして見つかれば、たちどころに射殺されることは、誰もが知っている。


こうこうと照る月の光のなか、ゲットーと外の世界を隔てる壁の内側に、生まれて数週間の赤ん坊が叩きつけられ、肉塊がぐしゃっと張りついていた。頭蓋骨が割れて地面に落ち、脳みそが飛び散って、壁にもへばりつき、血がしたたり落ちていた。

辺りをうろついていた野犬が血の臭いを嗅ぎつけたか、壁からはがれ落ちてきた肉の切れ端をがつがつ喰らい、垂れてくる血をなめた。

「ミルナ通りのコヴァルスキさんところの赤ちゃんらしいよ……。」

「こんなときに産むからさ。」

翌朝、おとなたちが共同台所で昨夜のできごとを噂していた。

子どもたちは屋根裏部屋で遊んでいたが、仲間にはいれないハナは下におりてきて、台所の入口に立っていた。おとなたちの話がすべて理解できるわけもないが、なにか棘のようなものがその心に突き刺さった。

「そんなところにいないで、上でみんなと遊びなさい。」

だれかが声をかけたが、ハナは顔をこわばらせてその場を動こうとしなかった。

それから何日かして、母親に連れられて、ハナは久しぶりに家の外へ出た。ゲットーの中を歩いて五分ほどの建物に住む親戚に、じゃがいもを分けてもらいにゆくためだった。空気が冷たい。亡くなった祖母が買ってくれた緑色のコートのボタンを首のところまで留め、母親の手にしっかり握られている手には、祖母が赤い毛糸で編んでくれたミトンをはめている。

歩きはじめて、ひとつ目の角を曲がったところで、母親の足が止まった。歩道の縁に人が倒れている。ぼろをまとい、顔と手足は垢で真っ黒。子どものようだ。痩せ細って、骨に皮膚がくっついているだけで、衰弱して倒れているのか死んでいるのか、どちらかわからない。通りがかる者たちのだれもが、悲惨なありさまを目の隅でちらりと見るだけで、すぐに目をそむけ、立ち止まらない。

母親はとっさに娘を抱き上げ、行き倒れの子どもを見せまいとしたが、手遅れだった。ひきつれたハナの顔を胸にかくし、母親はその場を遠巻きにするようにして足早に通りすぎた。


また夜がきて、ゲットーの見回り兵たちは規則正しくやってくる。カッツ、カッツ、カッツという音がきこえてくると、ハナはからだをわなわなさせた。母親が抱きしめて震えを止めてやり、眠りがくるのをまってから、声をひそめて父親に尋ねた。

「どれくらいになるかしら、この子が口をきかなくなってから。」

「ひと月くらいだろう。」

「あんなにおしゃべりだった子が……どうして……。」

「グルニャーナ通りに精神科医がいるらしいから、診てもらおうか……。」

ふたりには、ほかにどうすればいいかわからなかった。

ドイツ兵は家々の中で息をこらしている人びとに命の縮む思いをさせて、それからまた遠のいていった。

ゲットーに住む精神科医は、夜、夢にうなされて声をあげるなら問題ないはずです。声帯に異常はないでしょう。ここの生活ではおとなたちだって変調をきたします。子どもならなおさらだ。残念ながら、この厳しい環境ではどうすることもできません、と告げた。

†

ゲットーの住人たちはそれぞれに、はじめのうちは、同じ市内にある自分たちの家はどうなったのだろうか、没収されて、だれか知らない人たちが住んでいるのだろうかなどと、近くで暮らす者同士で噂し合い、またいつか自分たちの家に帰れるものと思っていた。

ゲットーに隔離されるときユダヤ人たちの多くは、所有している物をポーランド人の知り合いや友人などに託した。早晩、ドイツは戦争に負けるだろう、そうすれば、託した財産は取り戻せると考えたのだが、占領は長引き、つぎつぎに家や店舗は没収されていった。

ドイツ占領下の東欧やソ連では数多くのゲットーが設けられ、そのうちポーランドだけでも大小合わせておよそ四百に達した。ゲットーには当初の近辺から収容されたユダヤ人に加えて、他の地域や国から送られてくるユダヤ人も押し込まれるようになり、混雑ぶりが増していった。

やがて、一九四二年にはいるとドイツ軍はゲットーの解体に着手する。住人は〈最終的解決〉と呼ばれるユダヤ人絶滅の目的に向けて強制収容所へ、さらには絶滅拠点へと移送されていった。

大戦末期、一九四四年七月から四五年四月にかけて、ソ連軍や連合国軍がそれらの強制収容所を解放していったとき、生存者はごくわずかだった。奇跡的に生き延びることができた人でもその多くは、恐ろしい体験から精神を病み、身体も衰弱しきっていて、半数は解放されて数日のうちに亡くなった。

自分たちがかつて住んでいた所に帰り着いても家に入れてもらえなかったり、預けた財産を返してくれるようにいっても、かえって迫害を受けたりして、家財が戻ってくることはなかった。

†

疲れ果て、やつれ、ぼろをまとった亡霊のような集団がゆっくり南へ移動していった。

闇の国をあとにして、太陽の方へ、イスラエル《エレツ・イスラエル》の地へと向かっていた。

少女を連れた家族が小さなスーツケースをひとつ下げて、汽車で南へ向かった。「イタリアへ」が合い言葉だった。イタリアの港にはたくさんのユダヤ人が集まっていると噂が流れていた。汽車に乗り合わせた者たちは言葉少なく、少女の口がきけないことに気づく者はいない。

長い汽車の旅のあいだも、母親の腕に抱かれた少女は、眠るとかならずうなされた。

イタリアに着き、パレスチナへ向かう船がくるという港にたどり着いたものの、くる日もくる日も照りつける太陽の下、海辺でのテント生活がつづいた。死の陰の谷から生還してきた者たちの痩せさらばえ、まるで髑髏のように頬骨だけが突き出た顔がならぶ。焦点の定まらない虚ろな眼をした者たちが、一日中、砂浜にすわり海のかなたを見やっていた。

エレツ・イスラエルに渡る希望の船を待つ生活が何カ月もつづいていたころ、目ざすパレスチナではアラブ人とユダヤ人のあいだで戦争が始まっていた。


少女の一家がようやくたどり着いたエルサレムは、すでに冬だった。ときには、みぞれまじりの雨が降ることもあった。

第二次大戦前にポーランドから移住してきていた知り合いの家にしばらく厄介になり、それからユダヤ機関の移民局をとおして新しい住居を与えられた。西エルサレムの住宅地にある大きな家だった。一九四八年の戦争がはじまると同時に、それまで住んでいたアラブ人たちは住まいを捨てて逃げていったときかされた。一階に二所帯、二階にこの一家ともうひと家族が暮らすことになった。

建物は窓や玄関前のポーチが優美なアーチ式で、堂々とした石造りだった。二階のバルコニーからは、家の前の広場が見渡せた。両親は追い立てられたアラブ人のことを気にしながらも、安心して暮らせる家にありつけた幸運をかみしめた。母親がバルコニーに出て、同じように引っ越してきたばかりの隣人と話していると、ふいに階下の部屋で女の絶叫する声がした。きこえてきたのは、自分たちと同じようにポーランドあたりで暮らしていた人たちが話すイディッシュ語だった。真上の部屋にいた少女はびくっとして、そばにいた父親に抱きつき、身体を硬直させた。叫び声はつづいた。夫と思われる男が低い声でしきりに女をなだめようとしていたが、女の喚き声はいっこうにやむ気配はなかった。階下の住人がここにたどり着く前にヨーロッパで、どんなに酷い目にあってきたのか容易に推し量れる二階のバルコニーの人たちは、無言でそれぞれの部屋にもどった。

エルサレムは壊れた人間たちでいっぱいだった。預言者が町中に溢れていた。

町の中心部にある広場に面した建物の、正面階段を十段ばかり上がったところに銀行の入口があり、男がそこに立って叫んでいた。口髭も顎髭も伸び放題、髪の毛もぼうぼうで、だぶだぶの服はすり切れ、どす黒い汚れがこびりついていた。

「メシアの到来は近い。そなえよ、その時のために。われらユダヤの民は、いまひとたび神殿を建て、神の御心のままにイスラエルに栄光をもたらすのだ。悔い改めよ、己れの罪を。清くあれ。諍をなくせ。富を貪るな。神の教えをないがしろにするな……。」

そこかしこで、預言者たちが必死の形相で声を嗄らしていたが、立ち止まって耳をかたむける者はいなかった。

いちど、母親に連れられて町に買い物に行ったとき、少女は狂人のような男たちを見てぎょっとして後ずさりした。そして、もう二度とついていこうとはしなかった。

壊れた人間たちの町には暗鬱な空気がたちこめていた。

エルサレムは寒かった。夜、雪が降りはじめ、朝方まで降りつづくと、翌朝、町はすっぽり雪に覆われていた。

「……こんな南の土地なのに……。」

とまどう母親に、「驚いたな」と父親が信じられない面持ちで応えた。

少女は窓からバルコニー越しに、真ん中に大木がある家の前の広場で雪合戦をして遊ぶ子どもたちを、食い入るように見つめていた。


暗い雨模様がつづいたエルサレムに、とつぜんエジプトから熱波《ハムシーン》がやってきた。夏の到来だった。人びとはたちまち半ズボンと半袖シャツに着替え、足取りも軽くなった。五月になってパレスチナの地にユダヤ人国家イスラエルが誕生した。

エルサレムに、ようやく光の季節がおとずれ、家族三人が、朝、テーブルを囲むキッチンも明るくなった。

注ぎ口が欠けた白い陶器のティーポットを植木鉢代わりにして育てたゼラニウムが、窓辺で鮮やかな赤い花をいくつも咲かせた。

「こうちゃ……ちょーだい。」

テーブルで、たどたどしく甘えるような声がした。

母親と父親が目を丸くして顔を見合わせ、それから信じられない思いで少女の口もとを見つめた。

「……おまえが、いったの？」

父親があわててきいた。

「こーおーちゃ……ちょーだい……それと……パン。ジャム……つけて。」

ふたりがとびはねるようにして立ち上がり涙を浮かべて抱き合うのを、少女はきょとんとした顔をして見上げていた。砂漠で姿を消した流れが伏流水となって涌き出したように、少女は声を取り戻した。

母親ははずむ心でガス台にやかんをかけ、パンを切った。

温かい空気につつまれ、赤いゼラニウムに祝福されながら、三人は紅茶とジャムつきパンの朝食の席についていた。

と、ドアを短くノックする音がきこえた。隣の住人が紅茶か砂糖でも借りにきたのだろうと思ってすぐに立ち上がった母親が、戸口へ向かった。

ドアを開けると思いがけず、中年のアラブ人らしい男女のふたりづれが寄り添うように立っていた。

「とつぜんの訪問をお許しください。ぶしつけとは存じますが……。」

仕立ての良い背広を着て、髭をたくわえた恰幅のよい男がかしこまって、英語で挨拶を始めた。

「……下の家の方はいらっしゃらなくて、二階までまいりました。おもての扉が開いていましたので、勝手にはいりましたが、失礼でないとよろしいのですが。」

男の話しぶりは強いアクセントはあるものの、しっかりしていた。

「なんのご用ですかな?」

見知らぬ客の、あまり耳慣れない言葉に気が動転して立ち尽くす母親のうしろから、かつてギムナジウムで英語を教えていた父親が単刀直入にきいた。

「いえ、そのー……この家はもともと、わたしが建てたものでして……うちの家族が暮らしておりました。立ち退きを迫られて出たきり、国境の向こうのヨルダン側で親類の家にころがり込んで生活しております。家がどんなふうになったか、妻とふたりでたしかめたいと思いまして……。」

きいたことのない男の声に誘われて、キッチンから少女が顔をのぞかせた。

「おや、お嬢さんがおいでですか……。」

少女を見るなり、かたわらのアラブ風の服装で頭にスカーフを巻いた妻が、夫の言葉をさえぎるようにして急にさめざめと泣きはじめた。夫は妻の肩に腕をまわし、しきりに何かいってなだめようとする。

いつかこういうことが起きるのではないかと、ひそかに恐れていたことが現実となり、父親は立ちすくみ、不安気に見つめる母親に手短かに情況を説明した。

「いいえ、あなたたちを追い出そうとして、きたわけじゃありません。……そんなこと、できっこない。そりゃ、ここはわたしたちの家です。でも、それを奪ったのはあなたたちではありません。ユダヤ機関という組織です。あなたたちは、おそらくヨーロッパで恐ろしい目にあって、ここへ逃げてこられた方たちでしょう。それで、こうして住まいをあてがわれたのでしょう。わかっています。ただ、ひと目、どんな方たちが住んでいるのか見ておきたかっただけです。」

とっさのことで、うろたえるふたりに救いの手をさしのべるように、男は怒りをこらえながら、それまでに何べんも心のなかでくり返し考えてきたであろうことを口にした。男の気遣いをよそに、女は頬をつたう涙をぬぐおうともせずにしゃくりあげながら、恨めしそうな目でふたりの顔を見つめていた。

「この東西に分断されたエルサレムでたった一カ所の通過地点であるマンデルバウム門を

通るのは、めったにかなわないことです。イスラエル側に取り残された弟に会うために何ヵ月も前に申請書を提出しましたが梨のつぶてで、半分諦めていましたから、通過許可証が発行されてびっくりしたくらいです。弟に会うついでに、こちらへもうかがいました。……それでは、わたしたちはこれで失礼いたします。」

この訪問が実現するまでのいきさつを力無く語り、男は女を抱きかかえるようにして階段を下りると、おもての扉を開けて前の広場を横切っていった。なんどもなんども家の方を振り返りながら。

下の戸口に並んで立ち、しだいに遠のいてゆくアラブ人夫婦の姿を茫然と見送るばかりで、いっこうに動こうとしない両親のあいだにうしろから割りこんできた少女が、不思議そうに声を張り上げて尋ねた。

「あの人たち……だーれ?」

鏡台

幹線道路のヘブロン通りに面した小さなスーパーマーケットまでの買い物が、近ごろ、年老いたツィポラにはしんどくなってきた。坂の上のアパートからは下りで十分ほどだが、帰りは倍の二十分はかかる。

一回に買う物はなるべく少なめにしているのに、今日はあいにくの金曜日だ。日没から土曜日の日没までの安息日《シャバット》はまるまる一日、町中の店が休みになるうえに、公共の乗り物もアラブ・バスとタクシーを除けば止まる。スーパーは午後の早い時間には閉じてしまうので、午前中から買い出し客が絶えない。小さな冷蔵庫にはレタスとトマトとレモンがあるだけだった。しかたなく二、三日分をと思って牛乳、卵、パン、チーズに、オレンジ三個ときゅうり二本を買い込むと、レジ袋がちぎれそうなほど重くなった。

大型トラックやバスが行き交う大通りから右手に折れて、ゆるやかな上り坂にさしかかる。雨がやんだ合間にと思って出かけてきたが、いつまた降りはじめるかもしれない空模様だった。エルサレムでは半年以上、一滴の雨も降らない季節が過ぎて十月になると、初めての雨がきて、それからひと月も過ぎると、刺すようだった太陽の光線もやわらかくなり、時には雨も降るようになる。

レジ袋を地面にひきずりそうにしながら、勾配が少しずつ急になる道をのろのろ歩いていると、うしろからひょいとその袋が持ち上げられた。とっさにひったくりだと思ったツィポラは足をとめて、にらみつけようとした。

「こんなに重い物もって、だめじゃないか。」

たしなめる口調だが、見覚えのある顔は笑っている。アパートの隣の部屋に住む二十代半ばの石工だった。真っ黒な縮れ毛の髪がくしゃくしゃになって、頭の上から顔の周りに垂れている。

「いってくれれば、いつでも買い物、手伝うから。うちのやつも、そういってたでしょ。遠慮してちゃだめだよ。」

「でもね、運動にもなるのよ。足腰が弱ってきたから、少しは動かないと。」

「やりすぎは、かえってよくないよ。」

「そうね、今日はちょっと欲ばっちゃったの。あしたはシャバットだし。……ふうっ、助かったわ。」

「おれたちなら、これくらいなんでもないんだ。赤ん坊はいても、うちのやつにだって手伝えるさ。」

若者は老人の歩調に合わせて、ゆっくり歩いてくれた。

上りきった左手に石塀に囲まれたやや広い空き地が現れる。ツィポラは散歩の道すがら、眺めがよいこの空き地で時間を過ごすことが多い。入口の門をくぐると、廃墟となった小さな石造りの家が一軒あるだけで、ほかには大きな邸宅だったのか、独立戦争のときに壊されたらしい建物の礎石が残るだけだ。最近になってアラブ諸国からのユダヤ人が大挙して移住してきたこともあって、住宅不足が問題になっているにもかかわらず、町中にはこんな空き地があちこちにあった。

両開きで透かしがはいった鉄製の扉の片方は、上の蝶番が壊れ、開けっ放しのまま斜めにかしいで下の部分が地面についたきり動かない。敷地内は雑草が伸び放題で、犬の散歩コースにされて糞だらけだ。足もとに気をつけて空き地の外れまで行き、谷の向こう側にある旧市街の城壁を眺めながら、過ぎた日々を思ったりする。城壁の外側の少し突き出たところがシオンの丘で、この地名はいつごろからか、エルサレム全体を指すようになった。世界中に散らばっていたユダヤ人たちが、みんなここを目ざして帰還してきたのも、そんなに遠い昔のことではなかった。

空き地の隣には小さなユダヤ教会堂《シナゴーグ》があり、祈りの時間になると、ひとり、ふたりと信者が祈祷ショールなどを小脇に抱えてはいっていく。ここまでくると、下の幹線道路のバスや車の騒音もきこえてこない静かな住宅地だ。

人も車もめったに見かけない通りを、左へ右へと曲がりながら、ようやくアパートにたどり着いた。ツィポラはたすきがけにしていた小さなバッグから鍵を取り出して扉を開け、若者から袋を受け取って「トダー!」と礼をいった。

石造りの建物は三階建てだが、正面からは二階建てにしか見えない。裏手にまわり、さらに階段を下りると、正面からは見えない地下部分が庭に面した半地下の階をなし、左右に二つ鉄の扉がついた入口がある。半地下に二軒が隣り合わせで、どちらも、シャワー室と小さなキッチンがついただけの質素なワンルーム式アパートだ。

外はまだ明るい時間だったが、部屋の天井近くに横長の明かり取りがあるほかは、木のある庭に面した窓と上半分がガラスの入口の扉があるだけなので、かんかん照りの夏の日でも中は薄暗かった。どの窓にも、防犯用に太い鉄格子がしっかりはめられている。

扉の脇に袋を下ろすとツィポラは、そばの窓際に置いた小さなテーブルの前の椅子にへたりこんだ。ちょっと歩いただけでこんなふうでは情けないと思いながら息をととのえ、窓の外を見やりながらしばらく休んだ。

それから、テーブルに手をついてからだを支えて立ち上がり、流しへ向かった。流しの横には火口が一つだけの電気コンロがある。チーズと卵と牛乳をレジ袋から取り出して小さな冷蔵庫に入れ、パンを流しの前の棚にのせた。棚にはビスケットと紅茶の缶がならんでいる。棚板はざらざらしていた。東側からエルサレムのすぐ近くまで迫るユダ砂漠から砂ぼこりが飛んできて、二日も掃除をしないと、部屋中がざらついてしまう。

卵をゆでているあいだに、冷蔵庫にあったレタスとトマト、そして買ってきたばかりのきゅうりでサラダをつくり、塩、こしょう、オリーブ油とレモンをかけてまぶした。何をするのものろくなった。昔ならこんなこと、ちょこちょこっとやれたのに、とっても大変なことをしているような感じがする、とツィポラは深いため息をついた。

あとは薄めの紅茶をいれれば、夕食のしたくはおしまいだ。若いころは濃い紅茶にミルクを入れたのが好きだったのに、最近は胃が弱って、薄めのものしか受けつけなくなった。

夫を亡くして独り身となり、家財を整理してこの小さな部屋に引っ越してきてからもツィポラは、赤、紺、金、緑の布を独特な配色でキルティングした、イスタンブールみやげのテーブルマットを愛用していた。

たったいちど夫と格安のパックツアーで行った外国だった。強い風が吹く、もの哀しい晩秋の旅も、今では、繰り返しもどっては命の水をすくって喉をうるおすような、たいせつな思い出だった。

六枚セットのテーブルマットは洗いざらしだが、三度の食事にはかならず使ってきた。夫と共にした食事の時間を偲ぶ気持ちもあるにはあったが、それよりも、生活の型が崩れると、自分までもが壊れていくような気がしたのだ。

ショートヘアの髪は、近ごろではすっかり白髪が増え、全体が白っぽいグレーに見える。生まれながらのカールはきつすぎずゆるすぎず、頭全体をつつみ、手櫛でなにげなく髪をかきあげるだけで、自然な形に落ち着いた。

「その髪、すてき！」と、母親になったばかりの隣の奥さんからほめられたことがある。

「白髪のおばあさんよ。洗って放っておいてもすぐ乾くから、手間がかからないの。」

ツィポラははにかんで少女のような笑みを浮かべた。いつもはくすんだ灰緑色の瞳も、そんなときは、輝きがもどった。

電気スタンドにとりつけた緑色のランプシェードの下に光の輪ができるテーブルで、ツィポラはいつもラジオから流れる音楽を聴きながら夕食をとる。訪ねてくる友人も親類もいないし、訪ねてゆく人もいない。独り暮らしに慣れて、忘れ去られた小さな湾のような静けさの毎日だった。

ふいに隣の部屋から赤ん坊の泣き声がきこえてきた。

彼女はとっさに両手で耳をふさごうとして、手にしていたフォークを皿の上に落とした。子どもの泣き声をきくと、無意識に身体が反応してしまう。しばらくして気を落ち着けてから、耳にあてがっていた手をそっと離した。まだ十代の少女だったころの、収容所での忘れようもない体験が、ふとしたきっかけでよみがえってくる。

泣きじゃくり、悲鳴をあげる幼い弟と妹を小脇に抱えて、ドイツ兵がその場から立ち去ろうとしていた。母親とツィポラは必死にすがりついたが、ドイツ兵はふたりを振りほどき蹴飛ばして、子どもたちを連れ去った。父親はおおぜいの男たちにまじって、妻と子どもたちの方をなんども振り返りながら、別の方へと引き立てられていった。

極寒の季節に収容所での生活が一ヵ月、二ヵ月とつづいて、母親もツィポラも心身ともにすり減らしていった。もぎ取られるようにして連れ去られた、幼い弟と妹の必死に助けを求める声がいつまでもよみがえり、ツィポラは思わず両手で耳を覆う。まだ四十歳を過ぎたばかりだというのに母親は、この二ヵ月で二十歳ほども老け込み、体調も日に日に悪くなっていった。一日の食事が野菜の切れ端と、たまにごくわずかな肉片がはいったぬるま湯のようなスープに、たった一個のパンでは、体力はもたない。ツィポラはなるべく母親から目を離さないように心がけ、できるだけいっしょにいるようにして、母を支えることでどうにか毎日を生きながらえた。

収容所の暮らしで母親は抜け殻のようになった。連れ去られた夫と子どもたちがどうなったのかは、周りの女たちの話でおおよそ察しがつく。寒さにも労働にも家族を失ったことにも耐えられず、母親はみるみる衰弱し、三ヵ月目に肺炎を起こして死んだ。ひとり残されたツィポラは、心のよりどころを失って茫然とした。夜になると呼び出されて、しばらくどこかへ姿を消す女たちもいた。打ちひしがれて戻ってきた女たちは、そのまま口をつぐんで横になった。

ある日、とつぜん、任務の変更をいいわたされた。

「便所担当」がツィポラの新しい仕事だった。便所とはいっても、収容所では深く掘った溝の上に、互い違いに穴を開けたセメント製の長い台をしつらえただけのものだった。その台に囚人たちは二列にならんで腰をかけ、互いの背中がくっつき合うほどの姿勢で用をたす。収容所に来たての者たちは、おおぜいいっしょにすますことなどとてもできないとたじろぐが、じきに慣れてしまう。労働が終わり、いっせいに駆け込む便所では羞恥心などはいる余地はない。

彼女の仕事は、そのセメントの長い便座をきれいにしておくことと、便所中を掃除すること。それから、やってくる女たちを監視することだ。監視といっても、少女にはとりたてて何かできるわけでもない。掃除も、下痢気味の囚人が便座にたどり着く前にもらしてしまうようなことでもないかぎり、たいしたこともできない。

ツィポラは毎日粗末な布切れと擦り減ったほうきで掃除をこなし、あとは便所の入口に突っ立って監視の役目をはたした。疲れるとついしゃがみこんでしまうが、見回り兵に怒鳴られたり殴られたりするので、見つからないように気をつけた。やがて、なにもかもカチカチに凍っていた冬が終わると地面の凍結がゆるみ、収容所中がぬかるみになった。すると、便所の深い溝の底にシベリアの永久凍土のようにたまった汚物が液状化し、耐えがたい臭いを放ちはじめた。

便所には収容所でのさまざまな任務をになわされている女たちが、せわしげにやってきては、ツィポラと顔を突き合わせていった。

「楽な仕事で、いい気なもんだよ!」と罵声を浴びせかけてくる者がいるかと思えば、「こんな臭いとこで、あんたも気の毒ねー」と慰めの言葉をかけてくれる者もいる。どちらであろうと、ツィポラはもう何も感じなくなっている。父親はまだ生きているかもしれないと、ふと思うこともあったが、それも噂からすれば、どう考えてみてもはかない望みでしかなく、すぐに頭から消えた。

そんなある日、収容所の中で古びた木箱を見つけた。横四十センチ、奥行き三十センチ、高さ二十センチほどの大きさで、粗削りの板はささくれ立ち、よく注意しないと手に刺さる。すぐの使い道があったわけではないが、仕事場である便所の人目につかない所に隠しておいた。しばらくして、ひと回り小さい木箱も手に入れた。

囚人たちのあいだではさまざまな物が交換されていた。布切れ、腹をすかせた齧歯類でも歯が立たないほど硬くなったパンのかけら、どこかで拾った針金の切れっぱし、だれかからくすねた曲がったスプーン……、収容所ではどんな物にも、だれかが使い道をあてがった。自分たちは使い捨て同然の存在でしかなかったのに。

囚人たちは木の三段ベッドが蚕棚のように並んだ木造バラックの中で寝起きしていた。ツィポラは上段の一つのベッドで中年の女といっしょだった。その女が、時折、消灯の前に毛布の下から鏡をそっと取り出して、背中合わせに寝ながら顔を眺めることにツィポラは気づいた。どこで見つけたのか、欠けていびつだが、縦二十センチ、横十センチくらいの鏡だった。

女は、いがぐり頭にされた自分の顔をそのかけらに映しては、気づかれないように毛布の下にしまいこんで寝る。ある晩のこと、いつものように取り出すと、いきなりそれをツィポラの方に差し出し、力無くいった。

「あんたにあげるわ。こんな顔、あたしじゃない……もう、見るのもいやだ。」

一瞬ためらいを覚えたものの、思い切ってツィポラは鏡を受け取った。

翌日、いつもどおりツィポラは、汚物にまみれたセメントの便座を手早くさっさと拭いて、周りの床も簡単にぱっぱと掃いた。悪臭は日増しにひどくなるが、もうたいして気にならない。

掃除がすんでひと息ついたころツィポラの頭に、しまっておいた二つの箱の使い道がひらめいた。ちょっとした思いつきにすぎないが、やってみることにした。まず、大きい箱を入口の脇に置き、その上にひと回り小さい箱を重ねた。ぼろ布で木箱のほこりをはらい、前の晩にもらった鏡のかけらをこすって、できるだけきれいに磨いた。二つ重ねた箱の上に鏡を壁に立てかけるようにして置くと、何もないこんな所でなら鏡台といってもよさそうなものができあがった。

ふと、アントワープの家にあった鏡台が、母親の口紅やおしろいの匂いとともによみがえってきた。その前にすわって髪をととのえる母親の姿が浮かんで、ツィポラは目頭が熱くなった。

涙を振り払うようにしていったん立ち上がったツィポラは、足もとの自分で組み立てた鏡台を見下ろし、それからおもむろに、その前にしゃがんで鏡の中をこわごわのぞき込んだ。坊主頭に痩せさらばえた顔の、男か女かも、おとなか子どもかも見分けがつかない抜け殻のような人間が、こちらを見ていた。

便所にくる女たちは、始めのうちは、帰りがけにこの鏡台らしきものを横目で見ながら、「なによ、これ!」「がらくたじゃないの!」と言いがかりをつけては冷たくあたった。

ところが数日もすると、しゃがみ込んで鏡に映る顔をそっと見ていく女も出てきた。たいがいの者は相変わらず悪口を並べたてていったが、なかにはいがぐり頭に手をそえてしげしげと顔を見つめてから、ツィポラの方に目くばせする者もいた。ツィポラはだれの振る舞いにも関心を払わないように装った。

そうするうちにツィポラは、追いつめられて失うものがない境遇にあっても、女たちが自分を確かめたくて鏡をのぞき見るのだということに気づいた。こんな不出来な鏡台でも心の支えになっていると思うと、うれしかった。

「まだ明るいし、気持ちいいから、外でお茶でもどう？」

扉をノックして、アパートの隣の奥さんがにこやかな顔をのぞかせた。

ツィポラは入口の扉をほんの少し開けたままで夕食をすませ、片付けは後回しにして、ラジオを聴きながらもの思いにふけっているところだった。

「ありがとう。ちょっと待ってね。」

ふいをつかれてツィポラは急いでテーブルの食器を流しに下げ、おもてに出た。

夕暮れの光がやわらかな庭には白いプラスチック製の椅子が用意してあった。デザート代わりに出された板チョコをつまんで、ツィポラはゆっくりほろ苦い甘みを味わった。

生まれてまだ三カ月もたたない赤児が若い父親に抱かれている。そろそろと足もとの飼い猫をよけながら母親が、三つのマグカップにいれたハーブティーを、お盆にのせて運んできた。

口いっぱいに広がるミントの香りに、ほっと安らぐ気分を味わいながらツィポラは、赤ん坊をあやす若者夫婦のほほえましいしぐさに、結婚したてのころの自分を重ねた。イスラエル建国前のパレスチナに移住してまもなく結婚して、しばらくのあいだは貧しいながらもささやかな幸せがあった。

木々もあり、草花も楽しめる広い庭の外れは、高さ三メートルばかりの崖のようになっていて、崖下に狭い通りが走っていた。通りの向こうにあるアラブ人の村から、子どもの遊び声やおとなたちの話し声のさざめきがこちらまで聞こえてくる。ツィポラにはその生活の音がぬくもりのように感じられ心が和んだ。

しばらくおしゃべりしているうちに、辺りが暗くなってきた。少し疲れを感じてツィポラは「そろそろ失礼して、部屋にもどるわね」と、ゆっくり椅子から腰を浮かした。猫をかまっていた隣の奥さんはすばやく立ち上がると、手をさしのべて戸口まで送ってくれた。

部屋の中は、つけたままにしておかれたテーブルの電気スタンドの光で、全体がほんのり明るかった。初めて部屋に足を踏み入れた奥さんが、思いがけないものでも見たように驚きの声をあげた。

「立派な鏡台があるのね！」

部屋の片隅に置かれた、大きな三面鏡付きの鏡台に目を留めたのだ。猫脚の曲がりぐあいがみごとなものだ。

「あ、あれね……結婚から一、二年して余裕ができたとき、夫が買ってくれて……マホガニー製で高かったのに。昔、アントワープの家にあったのとそっくりなものなの。」

ツィポラは、隠し持っていた秘密をみつけられた少女のように、ためらいがちにうちあけた。

「結婚してたの？」

「そう……でも、夫は予備役で国境警備に就いていたときに殺されたわ。みんないなくなってしまって……。」

隣人は、言葉につまったツィポラの小さな背中に両腕をまわして抱きしめた。

ひとりにもどり、ツィポラは流しの洗い物をすますと、電気スタンドの光の下で、隣の赤児のために冬にそなえて数日前から編みはじめたピンク色のソックスを手に取った。いつのまにか、わずかに開いていた戸口からしのびこんだ隣の三毛猫が、傍らのベッドの上で丸くなっていた。

喪があけて

電話がかかってきたのは、クスクス料理をつくっている最中だった。

CDをかけ、小刻みな太鼓のリズムに合わせて身体をゆすりながら味見をしていた。アラブの国から移住してきたユダヤ人バンドの、うねり、まといつくような独特の旋律がたまらなくて、ウードの音色も心地いい。

狭いアパートには人を招くことなどめったにないのに、よりによってその日は友だち夫婦を夕食に呼んでいた。いやだな、長電話だとせっかくの料理がだいなしだわ……、と思いながらガスを止めて受話器をとった。

「ダンが死んじゃう！　すぐきて！」

エルサレムに住む母が切羽詰まった声で泣き叫んでいた。こんなふうに電話してくるのは初めてではなかったけれど、知らんぷりすることもできなかった。

父親が危篤なの、夕食はまた今度ね、ごめんなさい、とわたしは友人に断りの電話をかけた。

ほとんどでき上がっていた子羊肉と野菜たっぷりのクスクス料理のソースを仕上げて、少し冷ましてから大きめのタッパーウェアに入れ、クスクスの袋もいっしょにバッグに詰めて持っていくことにした。どのみち母はろくな物を食べていないだろうから。

兵役中でヨルダン川西岸地区にあるユダヤ人入植地の警備についている息子には、「おじいちゃんが危篤だから、これからバスで出かけます」と携帯電話へメールを送った。

「母さん、気をつけろよ。エルサレムに行くと、ろくなことないんだから。こっちのことは心配いらない。」

すぐにぶっきらぼうな返信が届いたが、さりげない思いやりが感じられてうれしかった。

父とはもう五年以上も会っていなかった。テルアビブからバスで一時間ほどのエルサレムまでの道すがら、父のことを想って感傷的になることはなかった。

両親の家に着くと、父は息をひきとったところだった。

ああ、これで母もわたしも、長いこと悪霊のようにとりつかれてきた父からようやく解放された、と安堵する気持ちのほうが強く、長年わたしに寄り添ってくれた猫が死んだときの、百分の一ほどの悲しみすら感じなかった。

母からの電話で、父の身体に水がたまりはじめて悪くなる一方だと聞かされてはいたけれど、エルサレムには帰る気がしなくて、仕事の忙しさにかこつけて一日延ばしにしていた。エルサレムの空気はそれでなくとも、民族と宗教の解きほぐせない争いがぎっしり詰め込まれていて重苦しいのに、父のいるあの陰鬱な家に行くのかと思うと、なおさら気が滅入ってしまったのだ。

葬儀は、九十歳を過ぎた父の両親のことを考えて、ふたりが暮らす南部の町ベエルシェバでとりおこなうことにして、ただ泣くばかりの母に代わって、わたしが手配をした。ガリラヤ地方の農業共同体《キブツ》に暮らしていた母の両親のほうは、もうふたりとも亡くなっていた。とりたてて親しいわけでもない父の弟と妹、それから父と折り合いが悪かった母の兄弟にも知らせた。遠いので、わざわざ来てくれないかもしれないが、それならそれでもかまわない、仲がいい家族でもなかったし、とわたしは思った。

身内だけで埋葬をすませたあと、父の両親の家で死者を悼む七日間《シブアー》の喪が始まると、ちらほらと彼らの知り合いや、父の高校時代のクラスメートたちが人づてに父の死を知り、形だけの弔問にやってきた。エルサレムからわざわざ来てくれる人は、ひとりもいなかった。変人とみなされていた父には友だちがいなかったし、知り合いすらいないといってもよかったから、不思議ではない。父の両親や母は、魂がぬけてしまったかのようにすわったきりで、弔問客がくるとわたしが紅茶かコーヒーをいれ、台所の棚にあった間に合わせのビスケットをそえて出した。父の思い出を語る人はめったにいなかった。
シブアーの二日目も三日目も、弔い客はわずかで、父の両親はソファで身体を寄せ合い、時折、ひそひそと話していた。母はそのかたわらにすわって彼らにかまうことなく、ひとりぽつねんと物思いにふけっていた。そうした彼らを見守りつつ、わたしは買い物とサンドイッチ程度の料理をこなし、そのほかの時間は、もっぱらわが家の一風変わった暮らしぶりとそのゆえんに思いをめぐらせた。

うちの生活がほかの家とは違って、なんとなく変だということは、小さいときから感じていた。ことに父親の奇異な言動は、ときに周りの子どもたちからのいじめの材料にもなった。それもあってか、わたしには友だちがひとりもできなかった。

洗濯機も掃除機も使わない、電話も引かない——という生活だった。父親の両親から援助を受ける生活でも買えないことはなかったが、父が許さなかった。洗濯機や掃除機の音は資本主義の邪悪な騒音で、脳を攪乱すると言い張ったのだ。やむなく母は、シーツはもとより、ごわごわしたジーンズさえも手洗いしていた。浴槽に水をため腰をかがめて洗濯したのがたたって、母は早くから腰痛持ちになった。そんな母のいたいたしい姿を見ていたわたしは、ずいぶん小さいころから、自分の物は自分の手で洗う習慣が身についた。

キブツの祖母のところに泊まりにいったとき、まだ六歳くらいのわたしが下着と汗びっしょりになったTシャツを手洗いしているのを見て、祖母が驚いて「なんてこと！」と大声を上げた。「キブツには共同洗濯所があって、担当者もいるから自分でやらなくてもいいのよ」と言い聞かされて洗濯物を取り上げられたのを覚えている。

機械音のなかでも、電話のベルの音を父はことのほか嫌った。こちらが必要なときは近くの公衆電話まで出かけてゆき、だれかがかけてくるときは、隣のゴネンさんに取り次いでくれるようにお願いしてあった。祖父母や兄弟、知り合いには、緊急用として隣家の番号を知らせておいた。

居間と父の書斎を兼ねた部屋には窓が二つあったが、それらの窓はもちろん、そのほかの部屋のどの窓にも父の命令で、黒い布で裏打ちされた厚手のカーテンがかかっていた。裏打ちの布は、裁縫などしたこともない母が何日もかけてとりつけたもので、針でなんども指を突いては小さな悲鳴をあげていた。

食卓の上につるしたペンダント式のランプシェードにも、上から母の古いスカーフをかぶせてあったのは、父が電球の光がまぶしすぎると文句をいったからだった。

昼でも電気をつけておく家の中にはいつも、重く、どんよりした空気がこもっていた。クラスメートの家に遊びに行って、モダンな大きい窓から青い空が見渡せたときには、あまりにも自分の家とは違っていて感動してしまった。二階にある窓からは小さな公園が見え、その周りをぐるりと取り囲むように夾竹桃が繁茂し、濃いピンクの花が狂ったように咲いていた。家の中にいるのに外の空気が感じられる開放感にびっくりし、羨ましくさえ思った。

死んでいてもおかしくないほどの、あの自動車事故以来、光は頭痛の原因だと父は言い張って母をこまらせ、すべての窓に暗幕を張る生活になったのだ。

まだ小学校低学年だったころのことだ。学校の授業が午前中だけの日だったので、帰宅はちょうど昼食どきだった。アパートの入口のベルを押しても母は出てこなかった。ノブを回すと扉がひらいたので、暗い廊下の外れにある自分の部屋に向かおうとした。すると、手前にある居間と父の書斎を兼ねた大きな部屋のドアがあいていて、中から父のいきり立ったどなり声がきこえてきた。その部屋には、はいるとすぐのところに食事用のテーブルが置いてある。

部屋の手前で足がすくみ、ドアの陰から、おそるおそる中をうかがったとたん、いきなりテーブルの上を皿が飛んでゆき、父の向かい側に立っていた母の額に当たった。その衝撃で母は一瞬よろけたが、かろうじて壁一面を覆う本棚に手をやって倒れなかった。皿は床に落ちて二つに割れ、載っていた食べ物が辺りに飛び散った。

おびえきった母の顔には、額から鼻のわきをつたう血の筋がついていた。流れる血をぬぐおうともせずに母は、壊れた皿と床に散らばった食べ物をひろい終えると、父の方をおどおどとうかがいながら台所へといそいだ。おそらく、ドアの陰に隠れたわたしのことなど目にはいらなかっただろう。

小太りで厚いレンズの眼鏡をかけた父の様子をうかがうと、母にはいっさいかまわずに食卓を離れ、数歩あるいて部屋の奥にあるコンピューターの前に陣取るやいなや、憑かれた者のようにキーを叩きはじめた。そばの机の上には、分厚い本やノート、数式や図式を書いた紙が散乱している。

母が台所へはいるのを見届けて、わたしはいそいで反対側にある自分の部屋へ駆け込んだ。音をたてないようにドアを閉め、カバンをそっと机の上に置いてから、ベッドの上に壁に寄り掛かってすわり、膝を立てて両腕で抱きかかえた。しばらく胸の動悸がおさまらず、息も苦しかった。

母に対する父の突然の暴力は、それからも繰り返された。


父親の奇矯なふるまいに輪をかける原因となったその事故がおきたのは、ベエルシェバのベン=グリオン大学で教える知人に会いにゆく途中のことだった。雨が一滴も降らない夏がすぎ、待ちに待った初めての雨がきた日のことで、最初にしては例年になくかなりの雨量だった。

父の運転はいつでも、だれかに追われて逃げまわっているような猛スピードだった。警察の調べによると、そのため車はカーブを曲がり切れずに、雨に濡れてスリップしやすくなった道路の、中央分離帯のコンクリート壁に激突し、数回スピンしてひっくりかえったらしい。タイヤがすり減った使い古しのポンコツ車だったことも災いしたのだろう。

事故の連絡をうけた母は半狂乱の状態で、小学校までわたしを迎えにくると、バスでベエルシェバに向かった。

「どうしよう、ダンが死んじゃったら……ダンがいなくなったら……。」

「だいじょうぶよ、きっとパパは助かるから。」

泣きながら同じ言葉を繰り返す母に、気休めの言葉をかけながら、わたしはほんとうは父がこのまま死んでくれれば、母はもう殴られなくてもすむようになるし、そうしたら、わたしもいっしょに祖父母たちが暮らすキブツへ逃げてゆかなくてもよくなるのに、と思っていた。

病院に駆けつけると、父は集中治療室で頭のてっぺんから足の先まで包帯を巻かれ、身体にチューブを何本もつながれていた。

あちこち骨折などで損傷していながらも一命をとりとめたが、繰り返し手術がおこなわれた。それでも父は底知れぬ生命力を見せた。容態が安定すると、エルサレムの病院へ移された。リハビリが長くつづいたが、時折、前ぶれもなく急に高ぶる感情を看護師や理学療法士にぶつけるので、もめごとが絶えず、病院側は父の扱いに苦労した。退院してからもリハビリの通院がつづくと、母にその負担がすべて回ってきた。

いちど、父にないしょで医者のところに行く母についていったことがある。耳がきこえにくくなったからなのだが、診察してもらうと鼓膜が破れていた。真っ先に夫婦間暴力を疑って警察に届けようと申し出た医者に、母はそれだけはやめてほしいと断った。

「ママ、ちゃんと警察にいわなきゃ……自分が死んじゃうよ。」

わたしは母をまもりたい一心で、生意気にも口をはさんだ。

「あたしが助けなきゃ。ダンにはあたしがついていないと。警察に届けるなんて、そんなことしたら、かわいそう！」

母の必死な顔を見ると、それ以上は何もいえなかった。なぜ母がそれほど献身的に父に尽くすのか、わからなかった。おろおろするばかりの弱い人かと思えば、父に対してじつに毅然としたものいいをする場面に遭遇することもあったからだ。今になって考えてみれば、夫婦にも周りにはわからない幸せな出会いがあったのだろう。

母の世代では、当時のキブツの理想にもとづいて、子どもたちが両親と寝起きを共にすることは禁じられ、「子どもの家」で集団生活を送るのがふつうだった。子どもの家では母は、のろまなことをあげつらわれて、いつもいじめられていたらしい。十八歳から二年間の兵役を終えてキブツにもどると、二年だけ鶏舎で働いてから、母はさっさと息がつまるようなキブツを出た。そして、兵役中に知り合った父と早ばやと結婚した。母は人生で初めて自分を必要としてくれる人に出会ったのだ。

七日間の喪《シブアー》の四日目にハイファに住む父の弟夫婦がきて、一時間ばかりいたけれど、申し訳ないが仕事があってゆっくりできないと言い残して、そそくさと帰っていった。五日目には、父の妹が自閉症の子どもを連れてテルアビブからバスでやってきて半日いたが、父の思い出を語るでもなく、始終、じっとしていられない子どもを叱りつづけていた。終わりの七日目に、北部ガリラヤ地方でナザレに近い町に住む母の弟夫婦が、遠路はるばるきてくれた。

「急に臨時雇いの仕事がはいって……早くに来れなくてごめんな」と、失業中のドロンがわびた。

ベエルシェバはネゲブ砂漠の北端にある町だ。毎日、こまめに掃除をしないと家中が砂ぼこりに覆われる。そんなざらついた部屋の中に疲れきってすわっていた父の両親と母を見て、妻のエスティがすばやく駆けより、一人ひとりを抱きしめ、両頬にキスして慰めの言葉をかけた。彼女の思いやりが悲しみにくれている人たちをすっぽりと包み、部屋の空気をなごませた。わたしも最後に抱きすくめられ、心のこもらない悔やみをのべる弔問客に鬱々としていた気持ちが、やわらいでいくのを感じた。

エスティは部屋の隅にあるテーブルの上に置かれた燭台に、彼女らしく気をきかせて用意してきた蠟燭を二本立てて、灯をともした。やわらかな炎の光が部屋中をほんのり照らした。

「さ、みんなでダンに思いを馳せましょう」といって、エスティはギターを膝にのせ、爪弾きながらうたいはじめた。ポリネシアンのようなたっぷりした肉付きで、長い金髪を三つ編みにした彼女の歌は、部屋いっぱいにひろがり、みんなを熱帯の海で波にたゆたうような気持ちにさせた。ところどころで曲調が変わり、低い声で力強くうたわれるところは死者を送る祈りを思わせ、おだやかな調子のところは子守唄となり、やさしく抱かれるかのようだった。

お茶をいれるためにキッチンでお湯をわかしていたわたしは、居間の入口に立ち、歌に聴き入った。エスティはCDを一枚出していたし、ときどき音楽セラピーの会も開いていた。たびたび失業するドロンが家のローンで困っているのを知って、もっとCDを出して収入の足しにすればいいと母やわたしがいっても、あたしの歌は商品じゃないから、と彼女は取り合わなかった。

　歌が終わるころを見計らってわたしは、大きさも色も柄もまちまちのマグカップにインスタントコーヒーをいれて、みんなに配った。

　その七日目の晩は、ドロン夫婦の子ども二人も、テルアビブ郊外のラマト・ガンからやってきていっしょに過ごした。彼らが買ってきてくれたラージサイズのピザ二枚に、大瓶のスプライトとコカコーラだけでテーブルを囲み、老いた両親を気遣って、あたりさわりのない父の思い出話をのべ合った。

「最後にみんなで亡くなった人を送りましょう」といってエスティがギターをもういちど抱え、短い曲をうたった。それは死者を悼む鎮魂歌というよりも、死者の魂に愛を贈る歌のようにきこえた。

　こうして七日間《シブアー》の喪は最後の日に、どうにか家族が死者を送る心をひとつにして終わった。

　エスティの歌の余韻が残るなか、ドロン夫婦の子どもたちは車ですぐに帰っていった。

ガリラヤ地方に住む夫婦は、わたしがその晩、母をひとりにさせるのが気がかりでエルサレムの家に泊まることにしているのを知って、遠回りしてわたしたちを車で送り届けてから帰ることにしてくれた。

一時間半ほどかかって家に帰り着いたとき、母とわたしが車から降りるのを見ていたエスティがふいに泊まっていくといい出し、翌朝から仕事があるドロンひとりが北部の町へ帰っていった。

父がいなくなったあとの、がらんとした居間を眺めまわしてソファにへたりこんだ母の両脇に、エスティとわたしは寄り添うようにしてすわった。母の手を取ると、冬でもないのに冷たい。父の介護で顔がげっそりしたうえに、シブアーのあいだろくに食事もとれない日がつづいて、心なしか身体がひとまわり小さくなったようだった。

もう真夜中に近かった。

「ママ、疲れたでしょ。寝ようか」とうながすと、母は首を横にふり、黙ったまま薄暗い部屋の宙を見すえていた。それからあらかじめ心に決めていたように、しっかりした声でわたしに問いかけるようにして話し出した。

「あなたはお父さんがとっても長い、正式な名前をもっていたの、知ってるでしょ？」

「ええ。」

「それがどういう意味かも、わかってる？」

「初めは、なんか、きいちゃいけないような気がしていたし……。それに……あとからは、あの人のことなんか……知りたくもなかった。」

わたしの言葉をきくと、苦い薬でも飲み込むようにかすかに顔をゆがめ、目を閉じて黙したあと、気を取り直したように母は話をつづけた。

「ダンって、ふだんはいってたけど、ほんとうは、エリエゼル・アダム・ダニエル・アヴラハム・クラウスナー。お父さんの両親の祖父、兄と弟、従兄の四人の名前をつなぎ合わせてあるの。みんな、向こうで殺された人たち……あなたが小さかったころは話す機会がなかったわ……おとなになると、逃げるようにして家を出ていってしまったし……。」

「だって母さん、あたしは父さんの顔、あれ以来、見るのもいやだったんだから……母さんだって、知ってるくせに！　……でも、兵役で家から出られて、自由になれた。だから兵役が終わってからも家にもどらないで、テルアビブで仕事についた。苦労したけど、やっと解放されたわ。」

わたしは胸の奥にしまい込んできた父への忌まわしい思いを、このまま一気に吐き出そうとしていた。

「……その話は、あとにして。」

母はおそろしいほど冷静で、しかも発する言葉は、わたしに話の先をつづける余裕も与えないほど、有無をいわせぬものを孕んでいた。

とはいえ、いったんよみがえってきた父への憤りと消しようのない傷の疼きは行き場を失い、いっそう強まって、動悸がしはじめ冷や汗が出て、過呼吸ぎみになった。パニック障害の発作をおこしそうで、あわてて口を開き息を深く吸い、ふらつきながら立ち上がり台所へ行って水を飲み、そのままそこで心と身体が鎮まるのをまった。しばらくしてふと気付くと、いつのまにかエスティがそばにきていた。

「だいじょうぶ？　しっかり深呼吸して。」

気遣ってくれるエスティに肩を抱かれて居間にもどり、姿勢を変えずに塑像のようにすわる母の傍らで話の続きをきいた。

「ダンは追悼の蠟燭にされたのよ。」

自分の言葉にうなずくようにして、母が口を開いた。

「追悼の?」

「……そう……ショアーで無惨に殺されてしまった人たちの身代わりよね……。」

それから、胸におさめてきた死者の名前にまつわる話が、噴き出す間歇泉のように、とめどなくつづいた。

「……ダンは一九四六年の生まれ。両親は親切な人にどうにかかくまってもらって、ヨーロッパのあの残酷な時代を生き延びた人たち。第二次大戦が終わってから、すぐにパレスチナに移住してきて、ふたりはここで出会って結婚して、ダンが最初の子どもだった。あのころは、彼みたいにたくさんの名前をつなぎ合わせて名づけられた子どもがおおぜいいた……五歳下の弟や、七歳下の妹は、ちがったんだけど。あたしが生まれたキブツにも、そういう子がいたわ。でも、別に気にもかけなかった。

ダンは物心がついたころから、いつも両親からいわれて育ったそうよ――おまえは、向こうで死んだ親族の生まれ変わりだって。

……十歳になったころから、彼には少しずつわかってきたの――死んだ四人の名前を背負って生きることは、つらいことだと。そして、自分っていったいなんなのだろうと考えているうちに、しまいには、自分なんてものはないんだと感じるようになってしまった。

でも、親たちはヨーロッパでたいへんな経験をしてきたんだから、なんでもいうとおりにしてあげなければって、周りからいつもいわれたし、学校でも教えられた。だから、ダンは親にむかって、自分につけられた名前については何ひとつ文句をいわなかった。

そうやって、自分の悩みをだれにもいえずにがまんして、徐々に心のなかにため込んだものを奥深く閉じ込めて……いっさい、だれにも心を開かなくなって……周りから変人扱いされるようになってしまった。

ため込んだものを閉じ込め切れなくなったときに噴出させてしまったのね、きっと。

そうとわかってから、あたしは何があろうと、あの人を最後まで支えようと思ったの。暴力をふるわれるのもしかたないと思うようになった。あの人が耐えてきたものにくらべたら、殴られるなんて、たいしたことじゃない……。」

初めてきく話をうつむきかげんにきいていたわたしは、思いもよらない最後の言葉にふっと母の顔を見た。その頬はすっかり涙でぬれている。

自分が苦しめられてきた夫を思いやる女が目の前にいた。胸の内を、わたしはそれまでまったく気づかなかった。とっさに母を抱きしめて慰めてあげたかったが、どうしても身体がついていかない。

目の前で涙をぬぐう母を見ているうちに、わたしの心の奥底にしまい込んでいたものが、むくむくと頭をもたげはじめるのを感じた。押し留めようとする意志に反してそれはしだいに力を増し、重い石棺の蓋をこじ開けるようにして、おもてへ噴き出そうとしていた。

母とわたしのあいだにただならぬ気配を察したのかエスティが立ち上がり、ティッシュの箱を取って母に渡しながら身体に腕をまわして抱いた。

「だから、母さん、あのとき、助けてくれなかったの！」

不穏な沈黙を破ったのはわたしだった。

「あたしが十五のとき、あの人があたしの部屋で何をしたか、母さんは気づいてたでしょ。母さん、ちょうど家に帰ってきたんだから……あたしの部屋のドアが閉まっていても、中からあの人の声がきこえたはずだし、あたしの抵抗する声だってわかったはずなのに……助けてくれなかった。」

母はむちで打たれたようにびくっとすると、しばらく一点を見つめて身じろぎもしなかった。それからふいにゆらいでわたしを抱きすくめ、全身を震わせながら激しく泣きはじめた。

「ごめんなさい……ほんとに、ごめんなさい……。」

必死に謝りながら、母はしがみついてきた。

「ほんとに、ごめんなさい……あのとき、とっさにダンをゆるしてしまったの……もしかしたら……あたしはあなたを生け贄のイサクみたいに、あの人に捧げたのかもしれない……イサクは殺されずにすんだけど……あなたは……。」

母が話すのを最後まできかずに、むしゃぶりつく母を夢中でふりほどいてソファにすわりなおしたわたしの胸の内を、生け贄という言葉がいつまでも鳴り響いていた。

しばらくしてふとわれに返るとエスティが、わたしたちふたりに語りかけるようにうたっていた。

骨の痛みからひとはまなぶ
骨の痛みでひとは大きく育つ
そうして大河のように、あなたは前へと突き進む。
大胆に。
遠くをさがさないで
ほら、すぐ近くにあるはずよ……それは

最後のフレーズを小さく口ずさみながらエスティは窓辺に向かい、黒い布を裏打ちしたカーテンを開けると、窓も開け放してもどってきた。そして、ソファの前にひざをついて母とわたしを抱き寄せた。

外が白みはじめていた。

ようこそ、パレスチナへ

ドアを開けると青年が、「サラーム・アレイクム！」と挨拶したので驚いた。

「ぼくがつくったものです。気に入っていただけると、いいんですが……。」

アメリカから移住してきたというユダヤ人は、おずおずと英語でいいながら、包みを差し出した。それは、握ればパリンと音をたててすぐ壊れてしまいそうな、薄いガラスの花瓶だった。新聞紙を何枚も重ねて包み、靴の箱に入れ、バスの中でも大事に両手で抱えてもってきたという。

箱から出してそれを見たとき、メアリーはあまりの美しさに息をのんだ。さっそく壁際の棚の上にそっとのせてみて、そこには何もないかと錯覚してしまうほどの繊細さにしばらく見入った。狭くて薄暗いアパートには場違いな気品があり、その透明感がとてもえがたいものを、運んできてくれたような気がした。

ユダヤ人というだけで、家に招くことに嫌悪感がはしっていたのに、おもいがけなくメアリーはエリというこの青年に好感をもった。


画家や陶芸家などがあつまって工房をもつようになったイスラエル北部の小さな町は、今ではアーティストたちの美術工芸品を扱う店が立ちならび、人気の観光地になっている。町に建設しているホテルの工事現場で、三カ月ほど作業員として働いていた次男のラシドが、二週間ほど前、エルサレム旧市街にある家にもどってきた。彼はその町でエリと知り合った。イスラエルにきてまだまもないエリが、ずいぶん前にアメリカから移住してきていたユダヤ人のガラス工芸家の工房に、ちょうど弟子入りしたところだった。アラブ人の建設作業員とユダヤ人の工芸家見習いとでは、近しくなる機会はないかと思えるが、小さい町で毎日のように顔を合わせることで、ふとしたきっかけから、言葉を交わすようになった。ラシドには、無口なエリとなんとなく波長が合うような気がしたのだ。

ラシドから、エリがエルサレム旧市街にあるバックパッカー用のホステルにしばらく滞在して、パレスチナ人を支援するNGOの活動に参加することになったという話をきかされたときメアリーは、そういうユダヤ人って、なんだかうさんくさいな、と思った。

しばらくして、エリがぜひパレスチナ人の家を訪ねてみたいというから、母さんがかまわなかったら家に招きたいんだけど、とラシドが探りを入れてきた。

「たしかに、あたしたちキリスト教徒のアラブ人も、パレスチナ人って呼ばれるわけだけど……。」

メアリーはしぶしぶ青年を昼食に招くことは承知したが、ただし特別なことはしないけど、と念を押すのを忘れなかった。なにしろ、ユダヤ人が家にやってくるなんて初めてのことだ。


台所で、きゅうり、トマト、パプリカを賽の目に切ったサラダを作っているメアリーに、ふたりの英語のやりとりがきくともなくきこえてくる。

「あのホテル、もうできあがった?」

ラシドが、働いていた町で気がかりだったことを尋ねているようだ。

「あとちょっとだな。もうじき内装が終わる。例の駐車場はその後だね。」

「えっ、問題は解決したのかよ。」

「そうじゃないんだ、困ったことさ。」

「だって、あそこは昔、あの村に暮らしてたアラブ人の墓地だったんだろ。」

「そんなとこに駐車場を造るってことで、町でもいちおう聴聞会はあった。もちろん、ぼくは反対する意見をいったよ。でも、多勢に無勢で……。」

「そんなひでー話、きいたことねー。墓地だぞ。」

「ぼくだって悲しい。でも、この国って、そんなことが平気でまかりとおるんだね。」

「ひでーなっ。だから、おれはもうごめんなんだよ、こんな国にいるのは！　わかるか。」

「でも……ぼくは、そういう国に移住してきてしまったんだ……。」

「今からでも遅くない、さっさとアメリカに帰れよ。ガラス工芸なら、ここでなくてもできるだろ。こんな糞みてーな国にきて、どうするんだ。」

メアリーがちらっとふたりの方を見ると、来る早々にラシドから強い言葉で問い詰められ、おまけに国に帰れとまでいわれて、青年はしょげ返った様子だった。

昼食用にひよこ豆をペーストにしたフムスと、ひよこ豆コロッケのファラーフェルを買いに行っていた娘のフダがもどった。メアリーはそれらを皿に盛り、手早く作ったサラダとピタパン、ファラーフェル用ソースのテヒナときゅうりのピクルスを食卓にならべて、みんなを席につかせた。しかし若者たちは、料理をそっちのけにして口論をはじめた。

「おれ、金たまったら、ぜったいカナダに移住するぜ。」

「ラシドまで……。イギリスに行ったイブラヒームだって、どんな生活してるか、しれたもんじゃないのに。」

妹が、すぐに口をとがらせていい返した。まだ高校生とはいえ、語学好きのフダの英語は兄よりうまいくらいだ。高校を卒業してからヘブライ語はほぼ自由にこなして仕事をしてきたラシドだが、英語の上達ぶりはもうひとつだった。

「きみまで外国に行っちゃうの？」

予想もしていなかった兄と妹のやりとりに、びっくりしたエリがきいた。

「あたりまえだろ。生まれた国だっていうのに、いちいち身分証明書を見せろだなんて、もう、たくさんだ！　おれも兄貴みたいに出ていくぜ。いいだろ、母さん。」

そういわれても、メアリーには返す言葉がなかった。ここには息子たちの未来はないだろう。自分たちキリスト教徒のアラブ人は、いつだってイスラム教徒のアラブ人とイスラエルの板挟みにされるし、イスラエルがつづける東エルサレムの占領も将来への希望をはばんでいる。外国へ、という息子たちの気持ちはよくわかる。むしろ、そのたくましさとエネルギーが羨ましい。

「身分証明書を、いつでも持っていなくちゃならないの？」

「なーんだ。おまえ、なーんにも知らねーのか。」

いまさらそんなことを尋ねるナイーブなエリに呆れて、ラシドは冷たく突っぱねた。

「外国に行きさえすれば、どうにかなると思ってるみたいだけど、ほんとにそうかなー。」

「どうなるか、わかりっこねー。でも、ここよりましだってことだけは、たしかだろ？」

「あたしは、どこだって同じだと思う。だいたいさ、イスラム教徒もキリスト教徒もパレスチナ人ってひとくくりにされて外国で同情されるのも、あたしはいやなの。それに、同情どころか、イスラム教徒のテロリスト呼ばわりされてしまうかも……あたしたちはキリスト教徒なのに。そのあたりのこと、外国の人たちわかってくれる？」

「生意気なことというな。おれはな、そんなことよりも、ただ人並みに仕事ができるところで生活したいだけだ。どこが悪い。」

「ラシドはしたいようにすりゃいいけど、あたしはここでヘブライ大学に行って、それから仕事探すの。ずっと母さんと暮らすわ。」

「甘っちょろいんだよ、おまえは。」

木犀　図書案内

vol.A-11

神の樹とされるインドボダイジュ。ビハール州
ミティラー地方。『インド櫻子ひとり旅』より

pustaka-mālā

樹木は古くから聖樹(生命の樹)として崇拝されてきました。木犀社は、香りのよい花を咲かせるモクセイを生命の樹になぞらえて社名とし、出版によって人間の叡智を豊かに稔らせたいという願いをこめました。シンボルマークのサンスクリットpustaka-mālāは、丹精した本が綴り合わされて美しい花環となる様をイメージしています。　　ロゴマーク制作 / 岡崎 立

木犀社
(もくせいしゃ)

〒390-0303 長野県松本市浅間温泉 2-1-20
TEL.　0263-88-6852
FAX.　0263-88-6862
郵便振替口座　00140 - 3 - 43181
https://www.mksei.com

●価格は本体価格です。●書影下の数字は ISBN コードです。

定本 インド花綴り

西岡直樹（絵と文）

品切れ

インドに魅せられ、インドの植物に親しむ。その出会いを一つひとつ描いて全136編。花や木や草たちのかたわらには、のびやかに生きるインドの人びとがいる。

3700円

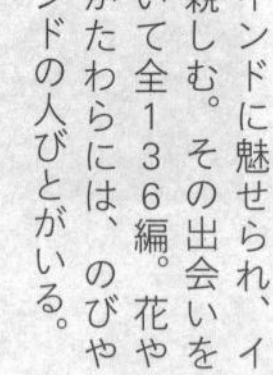

978-4-89618-029-9
（以下 978 は省略）

とっておき インド花綴り

西岡直樹（絵と文）

ロングセラー『インド花綴り』正篇・続篇を一冊にした『定本 インド花綴り』刊行から18年。日本とインドに居を構え、足しげく行き来し、植物染めと手織りの工房を営みつつ重ねた植物探索。新たに著者とっておきの64編をまとめた。

2700円

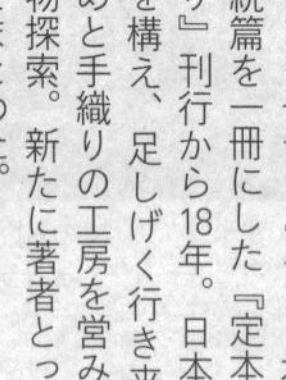

4-89618-070-1

黒帯、インドを行く

三浦 守

品切れ

コメディアンの付き人だった著者が、新世界を求めて目指したのはインド。思いがけず柔道コーチを引き受けたことから、抱腹絶倒のドラマが始まる。

1900円

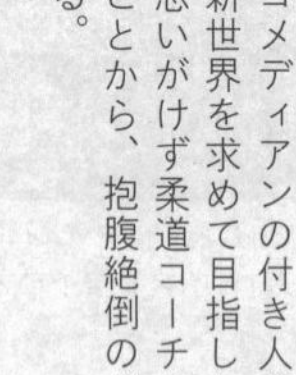

4-89618-015-2

バナーラスの赤い花環

上田恭子

バナーラス（ベナレス）で出会ったミニアチュール絵画の心惹かれる赤の魅力は、心温まるかたわらの人びとに似る。匂い立つばかりに綴られる、ガンジスの水に浮かぶ古都の日々。カラー8頁。

2100円

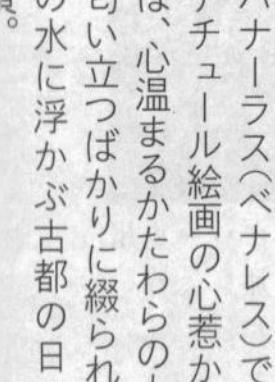

4-89618-031-2

「ぼくは、フダさんの考えに賛成ですね。ユダヤ人といっしょに勉強して仕事もして、それがいちばんいい平和への一歩だと思います。」

ふたりの言い争いに耳を傾けていたエリが遠慮がちに口をはさんだ。

「適当なことというな。フダには、まだなーんにもわかっちゃいねーんだ。同じパレスチナ人だって溝は深いぞ。イスラム教徒とキリスト教徒とのあいだの溝は……くそっ！　もうたくさんだ。母さんだって、そう思ってるにきまってらー。」

「だけど、イスラム教徒でもキリスト教徒でも、どちらであれ、とにかくパレスチナ人とユダヤ人がいっしょに暮らしてゆかなきゃ、この国は成り立たないでしょう。ぼくは、いずれ、パレスチナ人とユダヤ人の子どもたちがいっしょに学ぶ学校で、美術の先生でもしたいんです。」

ラシドの怒りを受け止めながらも、エリは無邪気に自分の理想を口にした。

「賛成だわ。そういう学校、まだ実験的だけど、もっと広まればいいのに。そしたら、美術と英語と両方教えられるじゃないの、いいわよ、それ。」

フダとエリが思いがけず意気投合しているのを横目で見ながら、ラシドと母親のメアリーはとまどいの視線を交わした。

ようやく食事に手がつけられたころには、揚げ立てのファラーフェルがすっかり冷たくなってはいたが、ユダヤ人のエリにとっては、一様でないパレスチナ人側の事情を思い知らされた貴重な訪問になっただろう。

キリスト教徒地区、イスラム教徒地区、ユダヤ人地区、アルメニア人地区と四つに区分けされているエルサレム旧市街の中でもアルメニア人地区は、城壁に囲まれた旧市街の中で、アルメニア正教の聖ヤコブ大聖堂を中心にして、さらに守りを固めたような一画だ。メアリーの一家はシリア正教徒のアラブ人だが、曾祖父の代からアルメニア人に混じってここに暮らしつづけてきた。夫が亡くなり、姑もそれにつづいて、そのあとはメアリーがひとりで子ども三人を育ててきた。アルメニア人地区には、メアリー一家と同じように、アルメニア人ではない家族がまぎれ込んで住みついたケースも少ないながらある。

この地区はひとつのブロック全体が巨大かつ堅牢な石造りの家に見えるが、中にはいると各所帯ごとに区切られた密集集合住宅を形成していることがわかる。中庭があり、内に向かって開放された構造だ。通りに面した石の外壁には、手の届かない高い位置に、ところどころ小さな窓がある。そんな小さな人の頭さえとおらない窓も、がっしりした鉄格子で防備されている。入口は数ヵ所あるが、旧市街を歩きまわる観光客がはいることは許されない。

メアリーの曾祖父ユーセフ・カリファーリーは、その昔、家族を連れて、シリアの村から何日も南へ向けて歩きつづけ、パレスチナのガリラヤ地方に逃れてきた。キリスト教徒として身の危険を感じたからだ。

わしはまだ子どもじゃったが、それでも、十歳くらいにはなってたから、よーく、おぼえとる。足に豆をこさえて歩きつづけるのは、つらかった。でも、ついこないだまで隣同士だったイスラム教徒たちが焼き討ちにくる。そりゃー、怖い。そうやって家を焼かれたキリスト教徒たちが、だんだんと村から出ていった。殺された者だっておる。シリアの村にはイスラム教徒が多かった。キリスト教徒がじわじわ追いつめられていったんじゃ。そういう日がくることなんぞ、夢にも思わなんだ……。

それから、ガリラヤからもっと南に下って、このエルサレムのアルメニア人地区にようやく落ち着いたんじゃ。教派はちがっても、同じキリスト教徒なら安心だと思ってな。おまえはわしのおやじのユーセフが死んでから生まれた。ここで生まれてよかった、とわしらはずっと思っておったが、はたしてどうだかな。たとえこの先、パレスチナ国なんちゅうもんができたとしても、キリスト教徒のわしらに居場所はあるじゃろか……。

メアリーはまだ子どものころに、ここに住みついたいきさつを祖父が語り聞かせてくれて、先のことまで心配していたことを覚えている。

アルメニア人地区とユダヤ人地区の境界線でもあるアララト通りを外れまで下り、さらに階段を数段下った奥に、ひっそりと身を隠すようにして立つシリア正教聖マルコ教会がある。メアリーの一家のようにシリアから移り住んだ住民たちはこの教会を礼拝と祈りの場とし、肩を寄せ合うようにして暮らしてきた。距離の近さは濃密な関係と助け合い精神をはぐくむ一面もあるが、それが災いしてねたみやそねみが生まれることもある。

一九八七年に起こった最初の対イスラエル民衆蜂起《インティファーダ》で観光客がめっきり減り、大多数を占めるイスラム教徒のアラブ人たちの商売もあがったりになったころ、カリファーリー家のような少数派のキリスト教徒のアラブ人たちもそのあおりを受けた。インティファーダが始まるとすぐに、夫は失業の憂き目をみる。メアリーは西エルサレム地区のユダヤ人の家を数軒かけもちして掃除婦の仕事をこなし、家事と育児で疲労の極にあるところに、姑の介護が重なった。職にあぶれた夫はやがて暴力をふるうようになったあげくに、仲間に誘われ、ペルシャ湾岸の国へ出稼ぎに行ったものの、たいした仕送りもしてよこさなかった。

数年して夫は重い病にかかって帰国し、あっけなく亡くなった。その日をなんとか生活してゆくのに精一杯で、涙などこぼれなかった。ただ、その死がメアリーの心の中に人生を呪いたくなるような激しい憤りを呼びおこしたのを押しとどめようもなく、夢中で家を飛び出した。

夜のエルサレム旧市街は人通りが少なく、閑散としている。ふだんなら女ひとりで出歩くようなことはしない。落書きだらけの鉄の扉をかたく閉ざした店がならぶ入り組んだ路地を、メアリーは熱に浮かされたように歩いた。幾千年と無数の巡礼や観光客たちに踏まれた階段状の細い石畳の道を、あてもなく歩き回ったはてに、気がつくと聖マルコ教会の前に立っていた。

そっと外側の門を開け、狭い敷地の中にはいるとすぐに、小さな教会の入口がある。扉の向こう側からは、数人の男たちが、シリア正教の典礼用言語、古代アラム語で詠唱する力強い声がきこえてきた。その声に誘われるようにして扉を開け、メアリーは礼拝用のいちばんうしろの席に腰を下ろし、しばらく放心していた。

四、五人の男性信徒たちの祈禱の詠唱が交互に入れ替わり、また、ときには折り重なって朗々と響くなか、苦労にまみれた年月がメアリーの頭のなかをかけめぐった。

知らぬまにひざまずいて長い時間が過ぎていた。何を祈ったらいいのかわからないままに祈りの姿勢をとってはいたが、ほんとうのところは、自分が壊れてしまいそうな気がして、こらえるのに必死だったのだ。だがそのいっぽうで、このままバラバラになって消えてしまいたかった。こんな石ばかりの町から逃れたい。狭苦しくて息がつまりそうだ。

頭を垂れ、祈ろうとしてもメアリーの心には怒りが渦巻いていた。

夫を、姑を、早くに亡くなってしまった両親を呪った。生活が苦しいのに、なんで子どもなんか産んだんだろう。母性だなんて、そんなの、嘘だ。そうして最後には、どうにもならないほど無力な自分を呪った。

そのうちに涙がはらはらと落ちてきた。自分がなぜ泣いているのかわからずに、メアリーはいらだちながらも祈りの姿勢のままでいたが、ようやく涙をぬぐい、硬い木のベンチにすわりなおした。しばらくすると、いつ終わるともしれない抑揚のある男たちの祈りの声のなかに身体ごと吸い込まれていきそうな、気が遠くなるような心持ちになった。

夫の葬式をすませると、いくら役立たずの亭主であっても心細さが身にしみた。嫁のおまえが悪いからあの子は荒れたんだと嫌みばかりをいっていた姑も、一年間の介護の末、見送った。子どもたちも育て上げた。幼子たちからは、なんども母さんの顔、怖い、といわれたこともある。そのたびに、優しい顔になんかなれるもんか、と心のなかで叫んだ。遮二無二生きるしかない、そんな動物的な生命力が自分の背中を押しつづけているときには、立ち止まって考えることなどしたこともない。

夜間の職業訓練学校で料理人と栄養士の資格をとり、何年もかかってようやく見つけた正規雇いのコックの職場は、昔は修道院、今ではカトリック教会が運営する研修所を兼ねた宿泊所だ。世界中からきた神父や神学生が生活し、研究し、修養している。

いつのころだったか、そうした人たちのなかにフランス人の若い神父がいた。大学でのゼミナールが終わる時間のつごうから、すぐにバスで宿泊所にもどっても、居住者たちといっしょに昼食をとる時間には間に合わない。それで神父はメアリーにたのんで、彼の分の昼食を取り分けておいてもらい、週になんどか、ひとりで電子レンジで温めて食べることにした。

　がらんとした地下食堂で、大きなテーブルにぽつねんとすわって食べる神父につきあい、メアリーはテーブルの向かい側にすわって、よくおしゃべりをした。神父のやわらかな言葉遣いと人の話に真剣に耳をかたむけてくれる態度に、心が安らいだ。

　こんなに安心して話せる男は、まだ小さかったころ、昔の話をしてくれた祖父だけで、それ以外に出会ったためしがない。神父から「恐れ入りますが、あすの昼食、取り分けておいていただけませんか」と、まるでたいそうなめんどうでもかけるように、ていねいな言葉をかけられると、メアリーの心が躍った。

　縮れた長い黒髪に、くっきりした黒い眉毛。睫毛はマスカラなしでも力強く、くるりと上を向いている――働き詰めだったとはいえ、メアリーはまだ四十代半ばだ。「母さん、再婚すれば！　まだまだ魅力的だよ」と娘のフダにいわれて、男の視線などここ何年も気にしたことがない、と気付かされたこともある。

　自分が若い神父に惹かれていると感じたとき、メアリーは思いがけない贈り物を手にしたようにうれしかった。が、神父相手の一方的な恋心なんてばかげた話だ、とすぐに打ち消した。

アメリカからきた青年を招いた昼食は、はからずも子どもたちの本音を知る機会となった。ラシドとフダがエリを送りがてら出かけていったあとで、メアリーは薄暗い台所で洗い物をしながら、ふと窓の外へ目をやった。明かり取りほどの小窓から見えるのは、路地の向かいの家とその上にわずかに見える真っ青な空だけだ。切り石を積み上げて造ったその家の、石と石との合わせ目のわずかな隙間から、ひと株のケッパーが生え、石の壁に必死にしがみついて立派に育っている。夏も終わりに近づいた今、蕾がはち切れんばかりに膨らんでいるのがわかる。もうじきエルサレムのあちこちで、薄くピンクがかった白い小さな花を咲かせるだろう。

ケッパーは季節が巡ってくるたびに、花を咲かせて語りかけてくる。人間の争いごと、悩みごとをよそに、彼らは辛抱強く営みをつづけるのだろう。昔も、これから先も。そう思うと、この二十年くらいのことがつぎつぎにメアリーの脳裏をよぎっていった。

さっきの話のぐあいでは、ラシドもじきにいなくなるだろう。かろうじて、フダだけはそばにいてくれるかもしれないが、あの子だって、先のことはわからない……。

子どもたちが手の届かない所へ行ってしまったら、わたしは何を拠り所に生きていけばいいのだろう。花は誰の力も借りずに、ひとりで自由に咲いているのに……。そう考えるなかでふと浮かんだ自由という言葉に――そうか、こんなふうに何もかもから解き放たれることを自由というのか――と、気付かされた。こんなことを考えたのは初めてのことだった。

自由になったらせいせいするだろうが、なんだか怖いような気もしてきて、知らないあいだに洗い物をする手の動きが止まっていた。向かいの家のケッパーに目をやりながらぼうっと立ちつくしているメアリーに、いつのまにか家にもどってきていたフダが「母さん疲れてるみたい、あとはやるからひと休みして」と、声をかけてきた。

アルメニア人地区の密集した薄暗い集合住宅で息がつまりそうになったときも、かなしくなったときも、それともまた、めずらしく幸せな気持ちになったときも、メアリーは旧市街で一番高いところにあるイスラム教徒の聖地にやってくる。歩いてたった五分のところに、魔法の絨毯が運んでくれたような広々した別天地が待っていて、いつも彼女を日常の枷から解き放ってくれた。

そこには「岩のドーム」とアル＝アクサ・モスクがある。岩のドームは黄金のモスクともオマル・モスクともよばれているが、実はモスクではない。預言者ムハンマドがそこから毎晩、神秘な天への旅に飛び立ったといわれる大きな岩が、円屋根の建物で覆われたものだ。ユダヤ教の伝説では、この大岩の上でアブラハムが息子イサクを生け贄として捧げようとした、という。手前にある地味で装飾もないアル＝アクサ・モスクの正面から歩くと、モスクで礼拝する者たちが手足を浄める円形の立派な水場に行き当たる。そのへりをまわって直進すると、幅広い石の階段があり、さらに上の、岩のドームがある高台へと通じている。

石段の中ほどから上の方に目をやると、ゆるやかな石段を上りきったところに、四つのアーチを連ねた飾り門が、いかにも後から付け加えられたもののように立っているのが見える。実用的な役目がまったくないものにも、見る者がはっとするような瞬間をつくり出す効果があることに、メアリーはいつも新鮮な驚きを覚える。十一世紀ごろ、十字軍がこの地を繰り返し征服していたとき、この岩のドームを教会に転用し、その美しさにいっそう威厳をあたえるために、この門を造ったという。この辺りまでくると、そのアーチの向こうに燦然と輝く黄金の丸屋根をいただく岩のドームの姿が迫ってくる。

金箔の光に吸い寄せられるようにしてたどりついた、目の前に広がる石畳が敷かれた高台は、太陽の光を浴びて輝く。その中央に、澄みわたる紺碧の空を背にして、孔雀の羽を広げたような、えもいわれぬ美しさと力強さを併せもつ岩のドームが立っている。金、緑、青、紺、黄などの色を組み合わせた幾何学模様のタイルが、丸屋根の下の側壁を埋め尽くし、その下の八角形の建物をぐるりと一周する外壁のタイルには、コーランからの引用を含む碑文が書かれている。紺地に白で書かれたアラビア文字の、様式化され、このうえなく洗練された書体を眺めていると、メアリーは異教徒であるにもかかわらず時間を忘れる。

古くから数知れず繰り返されてきたパレスチナをめぐる血なまぐさい戦いを、岩のドームはすべて見てきた。いくつもの地震にも微動だにしなかったドームは、切り裂くように鋭い太陽の光の中で、見る者の魂をやわらかくつつみ、至高の領域へと誘う。そこには過去も現在も未来もない。

岩のドームへむかうゆったりした石段の下に、大きなオリーブの古木が数本、壁際にある土の部分に生えている。岩肌のようにごつごつした太い幹がドームが立っている広い石畳の端にある石塀の上まで伸びて、わずかな木陰をつくっている。痛いように照りつける太陽の光が、白っぽい石畳に反射して、灼熱のもと、すべてが容赦ない光で剥き出しにされる。

その日、昼食の後片付けを途中から娘にまかせ、そっと家を抜け出してきたメアリーは、いつものように日差しを避けてオリーブの木陰にすわり込み、石塀に寄り掛かった。すると、目の前にせまるドームの美しさに圧倒されて、まるで時空を超えたかのように、たちまち心のなかが空っぽになり、ただただそこにあることに充足する心境になった。

ふと気づくと、メアリーが身を寄せたオリーブの木陰に観光客らしいアジア人の女性が一人はいってきて、少し離れて敷石の上にすわった。強い光をさえぎられてほっとしたのか、メアリーの方に笑顔を向けた。カメラを下げ、ミネラルウォーターのペットボトルを手にしている。岩のドームの周りにも、同じツアーの一団らしい人がおおぜい見える。

「どこからきたの?」

メアリーは中年の女性に英語で話しかけてみた。

「わたし、クリスチャン。……サウスコリアから、じゅんれいで……ホーリーランド……夢にみた場所。……イエス・キリスト……ここ、イスラエルで……じゅうじかに……。」

たどたどしい単語の羅列にまぎれたイスラエルという言葉にメアリーは、とっさに反応した。

「ここは、パレスチナよ！」

「パ、レ、ス、チ、ナ？」

韓国からの巡礼はきょとんとした顔つきをして、一音一音なぞるようにしていった。

「そう、パ、レ、ス、チ、ナ。あなたがいるのはパレスチナよ。イスラエルじゃないわ。」

外国人観光客を相手にして、なにもこんなにむきになることはないのにと思いながらも、いわずにいられなかった。

「イエス・キリストはパレスチナで生まれて、パレスチナで殺されたの！」

メアリーのしかりつけるような口調にけおされたのか、女性はそそくさと木陰から逃げ出し、岩のドームの周りで三々五々、写真を撮り合っている仲間のところへ足早にもどっていった。そして何かいいながら、肩ごしにふりかえると、ほかの者たちも同じようにいぶかしげな視線を投げてよこした。

われに返ってメアリーはゆっくり立ち上がると思い直して、アジア人観光客を見つめながら、ようこそ、パレスチナへ、と心のなかで呼びかけた。

約束

窓の外は横なぐりの激しい雪だった。

標高八百メートルのエルサレムは、ときに雪に見舞われることもあり、町の暮らしは麻痺する。ダビデが都を定めた紀元前一千年というはるかな昔も、そうだったにちがいない。病室の窓から見えるヘルツルの丘の黒い森も、うっすらと雪化粧をしてきた。きっと雪の重みで木の枝がしなっていることだろう。

ダニエル・バルセラは、病室のベッドの上で何本ものチューブで生命維持装置につながれ、いつもうつらうつらしているが、早朝の時間は目覚めていることが多い。手足は不自由になったとはいえ、思考力はかろうじて保たれている。うつろな目は森をとおりこし、雪に降り込められた町の向こうの虚空をさまよっていた。ダニエルは心の奥になんどとなく浮かんでくる、もう何年も前に見た光景を思い起こしていた。

イスラエル独立戦争のあとエルサレムは分断され、ヨルダン領となった旧市街へは十九年のあいだ、ユダヤ人は行かれなかった。それから、一般に六日戦争といわれる第三次中東戦争がイスラエル側の勝利に終わり、旧市街を含む東エルサレムはイスラエルの占領地となった。城壁に囲まれた旧市街へユダヤ人も行かれるようなってから数年して、ダニエルが初めて行ってみたときのことだった。

イエス・キリストが十字架を背負って歩いたとされる悲しみの道《ヴィア・ドロローサ》に面したその大きな建物は、天井が高く、石の廊下を歩くと、外の真夏の灼熱が嘘のように、ひんやりしていた。四階建ての屋上へ出てみると、おどろくほど建て込んだ石造りの家々の屋根がひしめきあい、平らな屋根のあちこちに小さな丸屋根があぶくのように浮かんでいる。どろどろした粥を煮る大釜のようなエルサレムが、煮立って吹き上げた泡だ。屋根伝いにひょいひょいと飛び跳ねていけば、八角形の外壁の上に黄金に輝く丸い屋根をのせた「岩のドーム」までひとっ飛びで行けそうだった。

隙間なく埋めつくす屋根の光景を見ていると、聖典さえ共有している三つの宗教――ユダヤ教、キリスト教、イスラム教――が争いと共存を繰り返してきた歴史が、この下に幾層にもなっていることが生々しく迫ってきて、ダニエルは深い感動がこみ上げてくるのを感じた。ここで生きている人間はだれもが自分の内に歴史で起こったことを受け継いでいるのだ。すべての人間はひとつながりの時間に生きている。アラブ人もおれたちユダヤ人も兄弟のようなものじゃないか。

ダニエルが足を踏み入れた建物はもともと、ヨーロッパからくるキリスト教徒の巡礼宿《ホスピス》として建てられたもので、そうした宿泊所はエルサレム旧市街には無数にあり、今では観光客も泊まれる。ここは一時期、病院だったこともあるが、宿泊所を囲む高い石塀の中にはいると、木立の下にテーブルを置いたカフェでウィーン風のお菓子が食べられ、旧市街のイスラム教徒地区の中にある小さなヨーロッパだ。建物のすぐ目の前にはアラブ人がやっているコーヒーショップがあり、そのはす向かい、この建物の石塀のすぐ下にはケバブ売りの屋台がある。ケバブがちょうどよく焼け焦げて立ち上る煙が、威勢のいい客寄せの掛け声とともに塀の中まではいってくる。

ダニエルは建物の外に出てぶらぶら歩きまわり、狭い路地が迷路のように縦横にはしる城郭都市の猥雑さと、何もかもがないまぜになった市場《シュク》の空気を身体全体で吸い込んだ。

暗い路地の奥の、数百年、いや数千年たったかと思われる、石をくりぬいた洞窟のような場所に床屋があり、八百屋があり、ゲームセンターさえあった。あたりまえの日常が城壁の中にもある。アラブ人の側にもユダヤ人の側にも、同じ日常がある。彼らがいておれたちがいる。そうやって隣り合わせで生きてゆくしかない……と、あらためて思った。

兵役についていたダニエルが送り込まれたゴラン高原での、拠点をめぐるシリア軍との戦いは凄惨をきわめた。敵の戦車が圧倒的に数が多かったうえに、所属した部隊は奇襲攻撃に遭ってほぼ全滅だった。ダニエルと親友のモシェのふたりは、負傷はしたが命を取り留め援護部隊に救われた。ふたりが捕虜にならなかったのは奇跡に近いことだった。

実戦の経験がないままいきなり直面した最前線での戦いは、精神の限界を越えていたのだろう。何が起きたのか幻覚のようにしか思い出せない戦場からもどって、ダニエルは性格ががらりと変わってしまった。だれもがわれ先にと大声で話すのが当たり前のこの国で、それまでも、どちらかといえば一歩下がっているような控え目な態度だったが、いちだんとその傾向が増し、終始むっつりするかぼんやりするかしているようになった。妻は帰還兵に見られる精神的な障害としてPTSD、心的外傷後ストレス障害を疑ったが、彼は精神科医にかかることをかたくなに拒んだ。何が問題なのか、自分にも本当のところつかめなかったのかもしれない……ひたすら無口になるばかりだった。

一年が過ぎるころ、妻は子どもを連れて去った。彼は運輸会社での仕事はどうにかこなしていたが、それ以外は家に引きこもるようになった。夜、悪夢にうなされ、汗びっしょりになって目を醒ますこともよくあった。数年後、別居中の妻が離婚の手筈を整えて弁護士に託してきたが、ダニエルはその離婚届に何もいわずに署名した。まるで、自分にも周りとの関係性にも、すっかり興味を失ってしまっているかのように、彼女には思えた。

倒れた場所が家の中だったら、発見されずに死んでいたかもしれない、と医師は病院に駆けつけた別れた妻にいった。仕事も休みがちになり、家にこもることが多くなっていたダニエルが、久しぶりにスーパーマーケットへ買い物に行ったとき、とつぜん脳梗塞に襲われた。居合わせた人と店員がすぐに救急車を呼んでくれたので命取りにはならなかったが、右半身に麻痺が残った。言語障害も出て舌が思うようにまわらず、話すのが不自由になった。

それだけならリハビリで、どうにか以前の半分ほどには機能を回復できたかもしれない。だが精密検査をしてみると、内臓もあちこち機能障害をきたしていた。別れた妻の説明によれば、酒、タバコに、不規則な食事と極端に短い睡眠時間——戦争からもどってからのめちゃくちゃな生活によるものに違いないという。

「そうだとしたら、自殺するようなものだ」と、いぶかしげに首をひねる医師の言葉を受けて、彼女はぽつりと「あの人、生きる意欲を失っていたのかもしれない」ともらした。

三カ月過ぎても、ダニエルは集中治療室にはいったままだった。

別れた妻は、離婚後、エルサレム近郊の町に引っ越していた。別れた相手とはいえ面倒をみてやりたいが、遠いうえに仕事も忙しくてあまり病院へは行かれない、身の回りの世話を手伝ってほしいと、家が病院に近いダニエルの高校時代の級友に無理を承知で頼み込んだ。幸いなことに、彼女の頼みをききいれてくれて、彼が毎日のように仕事が終わると病院を訪れて世話をするようになった。とはいえ、集中治療室にいるあいだは付き添いにできることはさほどなかったが。五カ月ほどして、そこから同じ集中治療フロアにある別の病室に移された。高度医療の必要がなくなったわけではなかった。急を要する患者があらわれたための処置だと説明された。ダニエルはあいかわらず、何本ものチューブにつながれたままだった。

何か刺激を与えるとよいかもしれないと思った級友が、呼んでほしい人はいないかと尋ねても、ダニエルは迷惑そうに首を横にふった。級友はすべてを脳梗塞のせいにして、彼の不機嫌な態度にも気を悪くするふうではなく、せっせと通ってきた。

ほどなくして医師の診断を仰ぐと、脳梗塞の後遺症もさることながら、内臓のほうもはかばかしい治療の効果は見られないし、今後も好転は望めないだろうという。

手遅れにならないようにと級友は、病人に断りなく、連絡がつく先には、彼の病状が終末期にきているかもしれないと明かした。ほとんどの人は間を置かずにきてくれたが、ひとりだけ姿を見せない者がいた。ダニエルとは、兵役でもあのゴラン高原の戦闘でもいっしょだったモシェだ。ふたりが高校以来の親友だということも級友にはわかっていた。IT関連の企業に勤めるモシェは海外を飛び回っているようだったが、ニューヨークへの出張中に偶然、携帯電話がつながった。こんどイスラエルにもどったら、かならず病院に来てくれるようにと念をおした。一週間後に帰国するからとモシェはいったが、いくら待っても病院にはあらわれなかった。

ダニエルの症状は急速に悪化し、とうとう危篤に陥った。すぐきてくれとせかした級友に「そうする」と応じながらも、なぜかモシェの口ぶりには、ためらいがうかがえた。別れたダニエルの妻の話では、彼が殻に閉じこもるようになってからも、モシェとだけは外でよく会っていたらしい。それが入院してからは、ぱったり顔を見せなくなったのだ。

危篤状態が三日つづいたあと、ダニエル・バルセラは息をひきとった。だれあてにも遺書やメモのようなものはなかった。

真夏のエルサレムだった。岩のドームとアル＝アクサ・モスクが立つ神殿の丘《ハラム・アッシャリーフ》を見渡せる、オリーブ山の中腹にある墓地に、ダニエルは埋葬されることになった。墓石が倒れていたり隅に重ねられたりしている、荒れはてた古くからのユダヤ人墓地だ。ダニエルの曾祖父がイギリス委任統治時代に購入した墓だったが、その後、独立戦争から十九年間つづいたエルサレムの分断で、ユダヤ人が自由に墓参できない年月が過ぎ、墓地は荒廃していた。

その日、病院から運び出された遺体をのせた車は、オリーブ山の麓から急勾配の坂道をゆっくり上り、墓地の入口で止まった。待機していた葬儀屋の男二人が、遺体を入れた白布の袋を前とうしろで肩にかつぎ、そのあとに別れた妻と二人の子どもたち、世話をしてくれた級友、そして導師《ラビ》がつづいた。

埋葬の祈りが始まろうとしたそのとき、ふいにモシェが姿を見せた。急な坂道を駆け上ってきたのだろう、激しく息を切らせながら消え入るような声で「シャローム」と挨拶だけすると、伏し目がちに弔いの輪に加わった。

遺体にかぶせられた土の上に参列者が小石をのせて、葬儀は終わった。すぐに立ち去るラビのあとを追うように別れた妻が、まるで縁起の悪い場所から一刻も早く立ち去りたいかのようにそそくさと、子どもたちをせかして帰っていった。取り残された級友とモシェのふたりは、しばらく墓石に目を落としたまま呆然と立ち尽くしてから、肩をならべて坂道をとぼとぼと下っていった。級友の目には、モシェに疲れからなのか生気が感じられず、赤く充血した目が寝不足を物語っているように思えた。

「おれ、これなかったんだ……。」

必死に言葉を探すふうだったモシェは、ようやく声を絞り出すようにいうと、顔をゆがめて泣いた。

「集中治療室でチューブだらけになっているときいて……これなかった……どうしても！」

級友が気遣いながら待つうちに嗚咽がおさまり、モシェは呪いの言葉でも吐くようにいった。

「あの戦争で敵と銃撃戦になるまで、いくども長いこと待たされた……初めての実戦だったし、すごい緊張と恐怖の待ち時間さ。怖いのをやりすごすために……おれたち、しゃべりまくったんだ……いろんなことを。」

刺すように照りつける太陽の下、ふたりの白いワイシャツは汗で身体に張り付いていた。

「……すさまじい戦いだったし……もうだめかと思った……。」

消え入りそうなモシェの声が少しとぎれ、またつづいた。

「……あんな戦争に行きゃ、だれだって変わるさ……あたりまえだ！　こうやっておれが、世界中を飛び回る仕事人間になったのも、おんなじだ……動いてないと、不安でどうしようもないからさ。」

気がつくと、オリーブ山の麓にきていて、観光客が溢れるゲッセマネの園教会の前にさしかかっていた。

「戦いのさなかで、約束したんだ……あいつと……。」

開けないでおくはずの秘密の箱に手をかけて、次の言葉をいいよどむモシェの顔をちらりと見て、級友は促すように聞きただした。

「約束って、どんな?」

教会の前にたむろするアメリカ人観光客の、辺りをはばからない大きな話し声や笑い声で、ふたりのとぎれとぎれの会話は掻き消された。

十字架にかけられる運命に苦悶するイエスが、「みこころならば、この杯をわたしから取りのけてください」と祈りをささげ、そして弟子たちが裏切りをはたらいたといわれる場所は、場違いなにぎわいで占められている。

その雰囲気にあらがうように、モシェが重い口を開いた。

「……どっちかひとりが……致命的な状態になったら……もうひとりが息の根を止めて……楽にしてやること……。」

級友は思わず足を止めてモシェの顔をまじまじと見つめると、確認するようにいった。

「その約束、しゃばに戻っても、本気で守る気だったのか……。」

「……あたりまえさ……チューブを外しさえすれば……約束が守れた。」

それは、地の底から湧いてくるような、やっとの声だった。

立ちすくむふたりの傍らをすりぬけるようにして、新たな観光客の一団がゲッセマネの園教会の庭に騒がしくはいっていった。

ライラの夜

大通りから右折して狭い通りにはいったとたん、車の屋根とボンネットに、ぱらぱらと何かがあたる音がした。つづいて小石がフロントガラスではじけた。以前、同じような目にあってガラスが割れ、修理代で泣かされたことがあった。今日は安息日《シャバット》だったと気づいて、しまったと思ったけれど、もう後戻りはできない。

ちょっと回り道をすればいいのに、近道のここをついとおってしまう。この町がどんどん〈黒く〉なっていくことが我慢ならないのだ。こんなことをしても、七、八人の子どもを産むのがふつうの、黒ずくめの服装をした超正統派ユダヤ教徒は増えていくばかりだ。

こんどは、かなり大きめの石のようだ。屋根がへこんだかもしれない。とっさにブレーキを踏んで、車から降りた。通りに面している建物を見上げると、あちこちのバルコニーに人が立っている。うだるような暑さだというのに、カールした長いもみあげに、黒い背広を着て黒のフェルト帽をかぶった男たちばかりだ。

「ここは天下の公道よ！　いつとおろうと、勝手でしょ！」

大声を張り上げて、足もとに散らばっていた小石を拾い、バルコニーに立つ黒装束の男たちに向かって投げ返した。

「シャバットは神から与えられた休息の日である！　車の運転など、もってのほかだ！」

朗々と響く声が降ってきた。

ライラは大きめの石を拾うと、その声を目がけて力いっぱい投げつけた。窓ガラスが割れる音にかまわず車にもどり、急発進した。また小石が降ってくる。

通りの両側には四、五階建ての薄汚れた古い石造りの建物がぎっしりならぶ。建物のバルコニーの手摺には、子どもの三輪車や洗濯物が所狭しとひっかけられているし、建物自体も継ぎ足し継ぎ足しで上へ伸び、バルコニーを窓で囲んでひと部屋分にしたところもある。午後一時少し前。いつもなら人と車でごった返すその辺りも、シャバットにはぴたりと活動がやみ、静まり返っていた。

超正統派のユダヤ教徒たちは兵役だって免除だ。一日中、聖典の勉強に励んでいれば政府から生活費を支給される……。それにひきかえ、あたしの息子は！　ライラは怒りで叫び声をあげそうになり、思いっきりクラクションを鳴らしながら、一気に走りぬけた。

シャバットの昼食に招かれて友人の家へ向かう途中だった。三年前、兵役についていた息子のダヴィドが戦死してから、友人たちが気遣ってくれる。ありがたいし、だれかと会って話したいという強い欲求がある。でもそのいっぽうで、ひとりでいたいという気持ちもあって、アトリエにこもっていることが多かった。

彫刻家のライラは、十三年いっしょに暮らした夫と離婚したあと、いろいろな事情が重なって、瀟洒な住宅がならぶイェミン・モシェにある夫の親が残した家に、ダヴィドと娘のノヤと暮らすようになった。家はエルサレムがまだ東西に分断されていたころに彼の祖父が買ったものだという。その当時は、トランスヨルダン国境沿いのこの辺りは弾丸が飛んでくる危険地帯だったから、家も土地も安く、小学校で美術教師をしていた祖父が結婚したとき安月給で買えるのは、エルサレムでもここしかなかったのだ。

それが今や、ヒンノムの谷をはさんで旧市街の城壁が見渡せる最高の眺望を誇る一等地になった。谷の縁に立つ家は入口の方から見れば二階建てだが、さらに下の階もあって、谷側から見れば三階建てという造りだ。ライラは、一番上の階は窓を大きくつくり替えて、十分に光がはいるアトリエにした。二階にある玄関につづく居間には旧市街のアラブ人商人から手に入れた絨毯を敷き、谷の向こうを眺められるように、大きなガラス窓のそばにソファを置いた。作品が小さなものばかりだったころは、ここのアトリエの広さで十分だったが、だんだんと大きなものが作りたくなり、歩いて少しのところに廃屋となっていた工場を借りて大作の制作に充てている。

ダヴィドが亡くなってからライラは、仕事に集中できないことがしょっちゅうあり、そんなときには居間のソファに腰掛け、澄みきった青い空を背景にして見える旧市街の城壁とダビデの塔を、飽かずに何時間も眺めていた。

また仕事中に突然、深い悲しみに襲われることもあり、そうなるとソファからの眺めでは間に合わず家を出た。車を飛ばして死海方面へ向かうエリコ街道を行き、砂漠の真ん中に立って、しばらく岩石と砂とアザミ属の乾涸びたような植物しかない場所に身をさらし、涙に暮れた。

ライラは人前で涙は見せない。あんたは強いねと、ずいぶん多くの人にいわれてきた。外からはそう見えるのかもしれない。

ダヴィドが兵役についていたその時期に、運悪くイスラエル軍とイスラム教シーア派軍事組織のヒズボラとのあいだで戦闘がおこった。イスラエル軍がヒズボラを追撃してレバノンへ侵攻したことが報じられていたので、ライラは息子の無事を祈って不安な日々を過ごした。

そんなある日、明け方五時ごろに玄関のベルが鳴った。

この時間の来訪者といえば、と不吉な思いが脳裏をよぎる。ライラは胸が張り裂けそうになった。娘のノヤも起きてきて、顔を見合わせながら、震える足で玄関へ急いだ。

十九歳の息子の戦死を告げに来たのは、将校と軍医と軍のソーシャルワーカーで、それから彼らといっしょに、ライラより先に訃報を知らされた、テルアビブ近くに住む別れた夫のエリヤフーも立っていた。

四人のうしろでドアが閉じられると、軍人たちは帽子をぬいで脇の下にはさみライラに向かって敬礼したあと、将校が「ライラ・シュナイデルさんですね」と確認すると、すばやく事務的に戦死通知書を読み上げはじめた。一瞬、ライラは頭から血が引いてゆくのを感じた。失神するのではないかと気遣ったエリヤフーが支えようと一歩前に出たが、かろうじてひとりでもちこたえた。それから、必死に足を踏んばって、最後まできいた。

ノヤは顔をくしゃくしゃにして、くるりと背を向けると、抱きしめようとして伸ばした父親の手をふりはらって、自分の部屋に駆け込んだ。

ライラは口を固く結んだまま、まっすぐ前を見て立ちすくんでいた。

将校は読み終えた書類を封筒にもどしてテーブルの上に丁重に置くと、「軍がとりおこなう葬儀その他については、こちらの御父上にすでに伝えてありますので、私どもはこれで失礼いたします」といって敬礼した。ソーシャルワーカーは「いつでも相談にのりますから、ご連絡ください。お役に立ちたいと存じます」といい、医者をまじえた軍の関係者は去った。

その場にひとり残ったエリヤフーが慰めようと肩を抱こうとしたが、ライラはすばやく身をかわして居間の窓辺に駆け寄り、突然襲いかかった嵐に身を固くして立ち尽くした。

目の前の城壁が真っ赤な朝焼けに染まっていた。ライラは自分の身体から魂が消え失せてゆくのを感じながら思った――ここはいつの時代も死者の町。何千年もの血みどろの歴史を見てきたあの城壁の上を死者の列が行く。長い行列のいちばんうしろにあたしの息子がついている――。

作品を扱ってくれるギャラリーの女店主が、しばらくぶりにライラのアトリエを訪れた。このごろ、彼女の作品が売れなくなったことが気がかりでならない。

薄くピンクがかったエルサレム石を彫り、丹念にヤスリをかけ、ツルツルで光沢のあるオブジェに仕上げるのが以前のライラの作風だった。おもに二本の楕円柱か卵のような形のモチーフの、多くのバリエーションからなる作品群は温かく、なめらかで、心地よい。観る者に、母の手で抱きかかえられているような安らぎを与えると、批評家には評された。作品はよく売れた。

ところが、息子の戦死があってからというもの作風は徐々に変わり、顧客がめっきり減っている。

「ライラ、あなたの作品、このごろ、前とずいぶん変わったのね……これからどうなっていくかしら。」

ギャラリーのオーナーは作品に見てとれる迷いを、はっきり伝えなければと切り出したが、ライラの胸中をおしはかってそれ以上深追いしないで、すぐに共通の友人に話を変えた。

「エステルが、ここじゃやってけないから、アルゼンチンに帰るっていってたわ。」

「そうか。この国、捨てるんだ。」

「捨てるってことかしらね……どうなんだろう……。アルゼンチンにもどったって、苦しい生活は同じじゃないかしら。」

「でも……ここと違って、戦争だけはしてないもの。」

そのひと言に「そうよね」と、ほかに返す言葉もなくすぐにオーナーは相づちを打った。

エステルと同じく、ライラはアルゼンチンからひとりで移住してきた。今でこそ、この名前でとおっているが、移民の手続きではひと悶着あった。

移民省の係官は、ウルスラ・シュナイデルという名前だが、ヘブライ語の名前にしたほうがいい、と事務的に告げた。イスラエル人になるんだから当たり前だ、といわんばかりの態度だった。名前を変えるなんていやだと言い張ると、ほとんどの移民は変えていますよ、という。しばらく考えて、じゃ、ウルスラをやめてライラにするわ、苗字はそのままで、と答えた。

それはアラブ人の名前だから、やめたほうがいい、と係官はなおも難癖をつけたが、

「ライラって、音の響きが好きだし、夜っていう意味も詩的でいい。それに、ヘブライ語でしょ！　だからこれにします。どのみち、この国の半分はアラブ人なんだから、いいじ

ゃないの。」

と、譲らなかった。

こうして、ライラ・シュナイデルに落ち着き、移民の手続きをすませた。だが、そのあとも、ライラという名前はよくない、と忠告する友人があとを絶たず閉口したが、そのつど、係官にいったとおりに復唱した。

ギャラリーのオーナーは、それにしてもよくもまあ以前にくらべ乱雑になったものだ、と思いながらアトリエの中を見て回っていたが、ふいに、三十センチほどの高さの、今までとは傾向の違う作品の前で足を止めた。

「これ、彫りはじめたばかりみたいだけど、どんなものになりそう?」

「うーん。なんだか具象的な人物像が彫りたくなって、石を確保してあっちのアトリエに置いてあるんだけど、いまいちイメージがまとまらなくて……追いかけても逃げていってしまう。最近はいつでもそう。こっちで試しに小さいのを彫ってみてるんだけど、やっぱりなかなか進まない。」

ライラはテーブルの上に無造作に何枚も置いてあった下絵の中から一枚を取り出し、オーナーに手渡した。

「いずれ、脚立が必要なくらいのものになるはずだから、向こうに見にきてよ。でも、完成までたどりつけるかどうか……。」

言いよどむライラを救うように、ちょうどそのとき階下でドアの閉まる音がした。

「……ノヤがもどったみたい。下へ行って、コーヒーでも飲まない？」

体よく話を打ち切ってライラは、狭い螺旋階段を居間のある階まで下り、ギャラリーの店主があとにつづいた。

「ノヤ、いっしょにコーヒーでもどう？」

「いらない。」

なんとなく気を遣うふうなライラの呼びかけに、ノヤの部屋からそっけない言葉が返ってきた。


ノヤは兄が戦死したあと、しばらくは学校へ通っていたが、夏休みを過ぎるころになって、学校には行かないと宣言し部屋に閉じこもるようになった。もっとも、友だちを訪ねたり映画を観たりなどはしているようだった。

大好きな兄を失って娘が拠り所をなくしているのが痛いほどわかったが、ライラにはどう対処したらいいか見当もつかなかった。心に開いた穴を抱えて途方に暮れているこの自分に、とにかく学校に戻りなさいなどと偉そうなことはとてもいえない。担任の教師が心理療法士にかかることを勧めてきたが、ノヤは拒んだ。別れた夫に頼りたくはなかったが、子どもの将来もかかっていることに踏み込んで考えてくれるような人はほかにだれも見当たらず、しかたなくライラはエリヤフーに相談した。新聞記者の忙しい身だが、彼はすぐにきてくれた。別れた妻が息子を亡くし、こんどは娘が問題を抱えているとなれば放ってはおけない、根は優しい人だ。

ところが、父親がいくら不登校の訳をさぐろうとしてもノヤは、「学校なんか行ってどうするの！　こんな国には未来なんて、ない」の一点張りで、のれんに腕押しだった。歩きながらにでも会話のきっかけをつかまなくてはと、ノヤを散歩に連れ出した。小さなホテルの前をとおりがかったときふと思いついて、そのホテルのルーフ・バルコニーにあるレストランで夕食にしようと誘ってみた。

旧市街の高い城壁とそのすぐ内側にあるダビデの塔がライトアップされた夜景を目の前にして、こぎれいなレストランは夏の終わりのさわやかな夜気が心地よい。席についてもノヤは、なるべく父親とは目を合わせないようにして、周りで楽しそうにおしゃべりしながら食事をする客たちを見るともなく見ていた。

　下から照明が当たった古い城壁を、レストランの観光客たちはさかんにカメラにおさめている。城壁の一番上には等間隔に凹状の部分があり、ヤッフォ門に隣接するダビデの砦を取り巻くあたりの城壁は、このへこんだ部分から、中をライトアップする光が漏れ、景色にアクセントをそえていた。城壁の中に立つオスマン帝国時代の尖塔《ミナレット》にも下から照明があてられ、夜空を背にくっきりとそびえる様がみごとだ。階段を上がってレストランに一歩足を踏み入れたとたん、どの客もきまって「おおっ！」とか「わー、きれい！」とかと歓声を上げ、しばし見入っている。

　注文したラムとチキンの串焼き《シシュリク》を食べながらころあいをうかがって、父親が学校の話をもちだしてみても、ノヤは相変わらず無愛想な顔のままだ。

「じゃ、なにかほかにしたいことでもあるの？」

　困りはてた父親の猫なで声に、ノヤはうんざりした。今さらおやじ面して、この人にいったい何ができるの、だいたい、女をつくって出てった男じゃないか、という反感すらわいてきた。

　娘の気持ちを感じ取った父親は、すぐに別の方向を探った。

「若いころ、特派員だったときは写真も撮ってたんだけど……小さいころよく、おれの写真を見てたよな。覚えてるか。」

「なんとなく。」

「写真に興味ある？」

「ダヴィドは、やってみたいって……」

話は意外な方向に進んだ。

「ほんとうか？」

「パパと同じジャーナリストになりたいっていってたし……フォトジャーナリストもいいなって……」

とつぜんダヴィドの秘密を聞かされた父親は、たじろいだ。死んだ息子のことを何も知らないままだったんだ……てっきり、まだ時間があると思っていた。つねに臨戦態勢にあるこの国じゃ、そんなのんきなことはいってられないのに……取り返しのつかないことをしたと、いっぺんに気持ちが落ち込んでしまった。

意気消沈する父親の目の前にいる十六歳になった娘は、縮れた褐色の長い髪をソヴァージュ風に垂らして黒い長袖のTシャツを着ていた。くっきりした長い眉毛、茶色い大きな瞳が、テーブルに置かれたキャンドルの光を映して輝いている。丸い襟ぐりのTシャツからすんなりのびた細い首、すっかり美しくなった娘に見とれている父親に、不機嫌そうに「なによ。そんなに、じろじろ見ないで!」と、ノヤがつっかかってきた。

われに返ってエリヤフーは、「そろそろ帰ろうか、お母さんが心配してるかもしれないからね」と、とりつくろって、軽く手をあげウェイターに勘定をたのんだ。

それから一週間ほどして、ノヤ宛てに小包が届いた。

「なんだろう」といいながら、ライラの目の前で包みを開けると、父親が若いころ愛用していたアナログの高級カメラが出てきた。短い手紙も添えられている。

ノヤへ

もうすぐ誕生日だから、プレゼントを贈ります。ダヴィドの話をしてくれて、うれしかった。君にも写真は向いている気がするんだが、どうだろう。エルサレムはとても面白い被写体だと思うよ。

父より

ライラは小包が届く前にエリヤフーから電話で贈り物の中身を知らされていたが、ノヤにはないしょにしていた。

「ふん！　あたしをダヴィドの代わりにしようってこと？」

腹立たしげにいってノヤは、取り出したものをそのままテーブルの上にほったらかしにして、ばたばたと自分の部屋に駆け込んだ。そのすぐあとに、吼えたてる猛獣のような大音量のハードロックが中からきこえてきた。

ライラが工場跡のほうのアトリエに行って三時間ほどしてからもどってみると、意外なことに、テーブルの上のものはあとかたもなく消えていた。

翌日から、ノヤはカメラを手にエルサレムの町を歩き回るようになった。朝九時ごろから出かけてゆき、夕方まで家に帰らないことが多かった。光線がいいからと、夜明けとともに出かけることもあって、ライラが起きたときには、もういない日もあった。

ライラは思ってもいなかった展開にびっくりしたが、ひとまず胸をなでおろし、学校など行かなくても、しばらくはこうしてやりたいようにしていればいい、と腹をくくった。ノヤの話では、わからないことは同級生のカメラに強い男の子に相談しているので、ぜんぜん困らないらしい。

カメラにのめりこんだ生活が数カ月つづいたあとで、ノヤが学校にもどるといい出した。「無理して行かなくったって、いいのに」というライラの言葉を、「もう決めたんだから」と軽くはねつけてから、ノヤは思い直したようにつけ足した。

「でも、ちょっとパパに相談したいことがあるの。メールで連絡したら、あした安息日《シャバット》でちょうど休みなので家に来てもいいって。バスはないから……ママ、車で送ってくれる？」

「いいわよ」と返事をしながらも、あたしに相談しないであの人にするって、なんなんだろう、と思いがけなく嫉妬心がわいたが、「泊まってくるの？」と、ライラはさり気なくきいた。

「たぶん……でも、どうなるかな。」

ノヤにも自分の進むべき道に迷いがあるようだった。


翌日、テルアビブ郊外にあるエリヤフーの家まで、小一時間の運転でノヤを送り届けたあと、ライラはそのままエルサレムに引き返し、それから工場跡の広いほうのアトリエに行って午後いっぱいをすごした。

ギャラリーのオーナーが向こうのアトリエで興味を示した試作をもとに、用意しておいた石材を使い、大きな作品を二週間ほど前から彫りはじめてはみたものの、以前とはちがい、かなり仕事のペースは遅い。

下絵のアイデアとは違う方向にノミが走り、それが思いがけない動きを見せれば、すなおにそれに従う。動きが止まればノミを置いて、そのまま二、三時間、少し離れて彫りかけの石を眺める。それからまたノミを取ってみても、一時間もしないうちに、また手が止まってしまうこともある。以前のライラなら、それでもかまわずに、ぐいぐいプランどおりに進めてしまう強引さがあったが、今はこうした滞りも成り行きにまかせて受け入れられる。

とどこおっている時間に浮かんだきれぎれのイメージや思いや感情を、そのまま浮遊させて熟成するまで待てるようになった。そうなるまでに三年という日月が必要だったのだ。

その日も、がらんとしたアトリエで、脚立にまたがって彫りかけていた石の上で手が止まり、しかたなく脚立から下りて石の床の上を足もとに気をつけながらそろそろと歩いて、壁際に置いた古びたソファに腰掛けた。床には彫られて飛び散った石のかけらや粉が散らばっている。しばらく掃除もしていなかったな、と思いながらライラは、あらためて周囲を見回してみた。完成したものはひとつもない。仕事を再開してから、自宅のアトリエでもこちらのアトリエでも、必死に石と取り組んできたはずだが、気がついてみれば、どれもこれも中途で放り出し、完成する気配さえ感じられない。

アトリエの窓の外では陽が傾きはじめている。いつものように、太陽がすとんと地球の向こう側に落ちてしまうような、とつぜんの夜がもうじきくる。


なぜ、あそこで手が止まってしまって先へ彫り進めないのか……と、頭の中で同じことをくり返し自分に問いかけながら通りを歩き、なんども人にぶつかりそうになってアトリエから家に戻ると、キッチンへ直行した。とりあえずひと息つこうとお湯を沸かし、大きめのグラスにミントの葉をたくさん入れた紅茶をいれて、ライトアップされはじめた旧市街の城壁が見渡せる居間のソファで一服し、よい香りを胸いっぱいに吸い込んだ。仕事のことはしばらく脇において頭を空っぽにしようと、目の前に広がるいつもどおりの美しいパノラマにひたった。何も考えないで何も感じないようにして、半時間ほどが過ぎた。

とつぜん、ばたんと玄関のドアが閉じる音がきこえ、ライラはつかの間の瞑想から現実に引き戻された。はっとした目覚めのような瞬間は、思いがけなくすがすがしいものだった。

ただいまもいわずに居間にはいってきたノヤが、羽織っていたグレーの厚手のパーカーを脱ぎ、ナップザックといっしょにテーブルの椅子に投げ置くと、ソファのところに寄ってきて、ライラの傍らに勢いよくどすんとすわった。

「泊まるんじゃなかったの?」と顔色をうかがうと、「やめた」といって、ノヤは頭を肩にもたせかけて寄りかかってきた。

娘の甘えるような仕草にライラはとまどいを覚えたが、そのままにさせて、並んで柔らかなライトに照らし出された城壁を眺めていた。

そのうちに、ようやく気がすんだのか、ノヤはゆっくりと身体を起こしてソファの背にもたれた。

「この光景、テルアビブにはないもんね。パパがいうとおり、エルサレムはとっても刺激的な被写体なんだ……撮れば撮るほど、いろんな面が見えて奥が深い……なんてったって、歴史が折り重なってるわけだし。」

あらためて感じ入ったようにそういうとノヤは、くるっと母親の方を向いて「おなか、ぺっこぺこ。夕飯どうしようか」と、明るい調子でいった。

「ひとりだと思ったから、何も用意してないの……」

「じゃ、宅配ピザにしよう。ベツレヘム通りの外れにあるちっちゃなピザ屋さん、すっごくおいしいの、知ってる？」

店のことは知らなかったが、いつになくはつらつとしたノヤの声につられて、ライラもすぐに同意した。

配達を待つあいだにライラはサラダをつくり、ノヤは食卓にテーブルマットを敷き、グラスとナイフ、フォークを置いた。ふたりは黙々と、それぞれがやることをやっていたが、部屋にはどことなくいつもとは違う空気が流れているようだった。

しばらくしてピザが届き、冷蔵庫からコカコーラの瓶を取り出して、ふたりは遅い食事を始めた。

黙って食べていても、なんだか気分がやわらいでいる。娘はまた学校へ行きはじめるようだが、学校へ行こうが行くまいが、ただ、こうしておだやかな時間をいっしょに過ごせるだけで十分だ、とライラには思えた。そして、切り分けたピザをつぎつぎに平らげてゆくノヤに、「よく食べるわね」と、微笑みかけた。

「だって、すっごくおなか空いていてたんだもん。パパの家じゃ、ろくに食べなかったし……。」

口いっぱいにほおばりながら、そう答えたあとで、しばらくして、ゆうに三人分はあるラージサイズの半分を食べ終えたノヤは、コカコーラをぐっと飲みほしてから、紙ナプキンで口をぬぐった。

「あたし、もうパパの家には行かない。」

ノヤがだしぬけにそういったので、ライラは驚きながら、どういう風の吹き回しだろうと不審に思った。

「パパ、寂しがらない?」

「ううん。そんなことないと思うよ。パパには新しい生活があるもん。奥さんのダフィー、とってもいい人。子どももだんだん大きくなってきた……息子だしね。あれはあれで幸せそうな家族だから……いいんじゃない?」

ノヤがコカコーラを勧めるので、いつもは飲まないライラだがグラスを差し出した。

「ここまで車で送ってくれるって、いったんだけど、テルアビブのバスターミナルまでにしてもらった。シャバット明けで、もうバスが走ってたし、エルサレムまでの一時間、ひとりで考えたかったの。なんだか、もやもやしてたのが、おさまったみたい……。」

ライラはピザをかみしめながら、コカコーラが妙に合っているような気がした。

そうして、さっきテルアビブから帰ってきたノヤがばたんとドアを閉じた瞬間に感じた、すがすがしい感覚を反芻していた。

「ねー、ママ、今、どんなの彫ってるの？」

ノヤの若者らしい食欲をもってしても食べきれなかった分を冷蔵庫にしまい、テーブルの上を片づけているライラに、窓辺に立っていたノヤが声をかけてきた。

「ぜーんぶ、やりかけなの。どれもこれも行き詰まってしまって……そうだ、これから、あっちのアトリエに行ってみようか。食後の散歩がてらに。」

「行こう、行こう！」

ノヤの声が弾んで、ライラの耳に心地よく響いた。

急な谷の中腹に洒落た長屋式の家がならぶイェミン・モシェの狭い路地を抜け、石段を上って車がとおる道に出た。古い鉄道駅を過ぎ、工場が立ちならぶあたりにあるライラのアトリエまでは十分ほどの道のりだ。この界隈は繁華街ではないが、ライトアップされた旧市街の城壁を眺めながら食事をしようとする人々が、シャバット明けにいっせいにくり出したかと思えるほど、通りには人が溢れていた。

アトリエに着くと、ライラは扉に鍵をかけて電気をつけた。パレスチナ人民衆蜂起《インティファーダ》のときに、ユダヤ人が殺傷される事件が頻繁に起きてから、友人たちのうるさいほどの忠告を受けて鍵をかけはじめた。近くにアラブ人が暮らす一角があるからと、みんなが口を酸っぱくしてライラに警告したのだ。〈アラブ人恐怖症〉の仲間入りをするなんて……とライラは耳を貸さなかったが、ギャラリーのオーナーまでしつこく勧めるので従うことにした。

　アトリエにはいってすぐにノヤは、あちこちに置かれている彫りかけの石のあいだを縫って、足の向くままに歩き回った。

　そのうちに、吸い寄せられるようにして、二メートルはある大きな作品の前で足を止めると、しばらくたたずんでいた。夕方に制作の途中で考えあぐねて放り出したばかりの作品だった。壁際のソファにすわってノヤの動きを目で追っていたライラは立ち上がり、彼女の傍らに行って、いっしょに眺めた。

「いいなー、これ。」

　めったに作品についての感想などいったことのない娘が急にほめてくれるなんて、ライラには思いもかけないことだった。

「どんなところが？」

「よくわかんないけど、なんだか心に迫ってくるものがあるんだ。この人物は……片方の腿を上げかけて……両腕もこれから大きく伸ばすぞって、もがいてるみたい。胸ものけぞって……全身に力をためて動きはじめてる……。」

ノヤはていねいに言葉を選びながら考えたあとで、少し間を置いてから判断を下した。

「これがいいと思うのは、身体が半分しか彫り出されていないってとこだね。」

「まだ完成してないんだけど……。」

「ママ、そこなんじゃない、大事な点は！」

自分がいっていることの意味がわからずにいる母親の言葉を、ノヤがぴしゃりとさえぎった。そして、その剣幕にたじろぐライラに向かって、さらに、

「完成はしていないよ！　だからこそ何かが湧き上がってくるような予感がして、すっごくパワーが伝わってくるんだ……。」

といってノヤは、前の部分だけがほぼ完成に近い形まで彫られている巨石の周りをゆっくりひとめぐりし、ライラが立っているところまでもどってきて、もういちど正面からじっくり眺め直した。作品のうしろの部分は、まだエルサレム石が石切り場で切り出されたま

ま地肌がむき出しになっている状態で、あたかも人物が、たった今、石の中で眠りからさめて動きはじめようとする瞬間に立ち会っているかのようだった。

「どういったらいいんだろう……この励まされてるっていう気持ちを……。長いこと暗闇に閉じ込められてたのが、ようやく明るい所に出られそうな感じっていうのかな……。」

心の中で起きていることを一心に伝えようとするノヤの言葉を聞くうちに、立ち込めていた霧がゆるやかに晴れていくように、作品のあるべき姿がおぼろげにライラの目の前にひらけた。

「そうなんだ……この人物は身体中にエネルギーをみなぎらせて石の塊の中に閉じこもっていたんだ……ママはその人物を解き放ってやろうとしてる……もうじき、この人、自由になれるんだよ。」

ノヤの目が輝いていた。

「この人は、今のあたしなのかも……なんか、ダヴィドが後押ししてくれるような気持ちがする。」

この未完成の人物像は思いがけなく、娘をこんなにも勇気づけている。ノヤのいうとおりかもしれない。いや、きっとそうなんだ。

そう思うと、闇夜に固く凍りついていた心が溶け出すかのように、涙がライラの目に溢れてきた。

メア・クルパ

ミミはアロンの母方の曾祖母で、ミリアムが正式な名前だったが、だれもがそうよぶので、子どもから孫、ひ孫までもがみんなそれにならった。ミミというのは、昔、ハンガリーにいたころからの愛称だという。ほっそりした顔立ちに分厚い眼鏡をかけ、折り目正しい物腰と口調から特別な気品を漂わせていて、だれからも慕われていた。

まだ、ミミの目がそれほど悪くなかったころ、小学校の上級生だったアロンは幼い弟や妹といっしょに週末や夏休みになると、よく西エルサレムにあるミミの家に泊まりにいった。北東部のスコーパス山に近いギブアット・ツァルファティト地区の家から、いつでも両親に車で送ってもらった。エルサレムを東から西に横切って反対側まで行く道のりだが、渋滞がなければほんの二十分ほどの距離だった。閑静な住宅街のレハビア地区にある家は、四階建ての建物の一階で、裏に小さな庭があった。ジャスミンの灌木が通行人の胸から上が見える高さで生け垣になっている。裏手の通りはあまり人も車もとおらないので、庭は憩いの場として使われていた。

居間の隅に庭に通じるドアがあり、二メートル四方ばかりの石敷のテラスに出られた。小さなテーブルと椅子が置かれ、夏は毎日、そこで朝食と夕食をとった。湿気のないさわやかな空気にジャスミンの香りが漂うなか、ミミはよくサラダとオムレツの簡単な食事を用意してくれた。

「ミミ！」

妹が丸いピタパンをちぎって、すくうようにひよこ豆をペースト状にしたフムスを付けながらきいた。

「ひるまは、あんなにあついのに、どうしてこんなにすずしくなるの？」

「それは、エルサレムの標高が八百メートルもあるからですよ。」

「ひょうこうって、なーに？」

「海の表面を基準にして、どのくらい高いかを測るのを標高っていいます。」

「きじゅんにするって？」

「そうね、どう説明したらいいのかしら。海の表面をゼロとして、そこから測って何メートルの高さか、ということですね。」

アロンはもうミミのいっていることがすぐに理解できる年ごろだったが、幼い妹や弟たちが納得いくまで、ミミはいつもきちんと説明してくれた。訪ねて行くたびにアロンはミミと話すのが楽しみだった。いろんなことを話してくれるし、おとなたちを相手にするときと同じ口調なので、一人前に扱われているような気がしたのだ。

「サラダには塩とこしょうをかけていません。オリーブ油とレモン汁だけ。めいめい好きなようにふりかけてね。」

ある日の夕方、子どもたちがてんでに味つけして、わいわい騒ぎたてながらサラダとオムレツを口に運んでいるところへ、ジャスミンの生け垣の向こうからミミに呼びかける男の声がした。

「ミミ、ヤッフォ通りで自爆テロがあったぞ!」

「えっ、また? そういえば、さっき立て続けにサイレンを鳴らして、救急車かパトカーが走っていったようね。」

ミミが事件の様子を聞き出しているあいだ、子どもたちは食事の手を休めて話がすむのを待った。「テロリストは、ぜんぶ、ぶっ殺してやりゃいいんだ！」と男は息巻いていたが、それに同調する言葉はミミの口からはきかれず、一瞬、ミミの顔が曇ったことがアロンの心に残った。

高校の授業が終わると、アロンはそそくさと教科書をナップザックに放り込んで、逃げるように教室を後にした。ガールフレンドのシャロンが追いかけてきて、「今晩、映画に行かない？」と誘ったが、アロンはうつむいて目も合わさずに「ごめん、今日はちょっと……」と不機嫌そうにいったきり、立ち止まらないで廊下を歩いていった。カールした濃い茶色の前髪が目を覆うほど垂れ下がっていた。アロンのうしろを少し離れてついてゆく男女数人のクラスメートが、彼のことを声高になじっている。シャロンは昼休みに彼がその連中と口論していたことを思い出した。

アロンは一目散にバスの停留所へ向かった。ちょうど、家へ帰るのとは反対方向へ行くバスが向こう側の停留所にきたのを見ると、急いで道路を渡り、それに飛び乗った。昼休み中のクラスメートとの諍いが頭に残っていて、冷静な気分になれなかった。まっすぐ家に帰って弟や妹と顔を合わせる気にもなれず、むしゃくしゃした頭のなかを整理してから帰ろうと思ったのだ。

　バス通りの左手に旧市街を囲む城壁が見渡せる。壁が近づいてくると、ダマスカス門の近くで右手に、人とバスが渦となってうごめいているアラブ・バスの発着所が見えた。ここを起点とするバスは、検問所をとおってベツレヘムやラマッラなどのヨルダン川西岸地区にある町とのあいだを結んでいる。

　じきに城壁が左へ曲がるところでバスは右へ折れて、西エルサレムの目抜き通りであるヤッフォ通りにはいった。この通りは旧市街の城壁にある門のうちのひとつヤッフォ門から新市街を貫いて、北西に延びている。程なくしてアロンは当てもなくバスを降りた。

　歩きはじめてすぐのツィオン広場の辺りは、いつもながらにぎわっていた。どうしてみんな、こうも楽しげにしていられるんだろうか、今、この国はたいへんなことをしているのに——アロンの暗澹とした気分は晴れない。

　ふと気づくと、スコットランド教会のゲストハウスの近くまできていた。伝統的な石造りで、入口の壁と天井の装飾にさまざまな種類のアルメニア・タイルがつかわれていて、アロンのお気に入りの建物だった。白地に青、赤、紺、黄の小さな花を散りばめた図柄から、さらに多くの色が配置された幾何学的な模様まであって、見ていて飽きない。

そのころになって、ようやく気持ちが落ち着いてきたアロンは、幹線道路をまたぐ歩道橋の階段をいつものように上った。この辺りに来たときは、かならずその歩道橋の上に立ってみることにしている。町中のここからでも、自爆テロ犯の侵入を防ぐとしてヨルダン川西岸のパレスチナ側との境界に建設された分離壁が、はるか向こうに見える。「アパルトヘイトの壁」とさえいわれている、高さ八メートル、幅一・五メートルのコンクリート・ブロックをつなぎ合わせた壁は、国連が定めた境界線を無視してパレスチナ人の土地に深く食い込んでいるところもたくさんある。こんな醜い分離壁でこの国を守るのは間違いだ。分離壁を見ながら壁の向こう側でいまだに着々と進められている、イスラエル政府によるパレスチナ人への抑圧を忘れてはいけないとアロンは自分にいいきかせる。分離壁を目にしても何もやましさを感じないユダヤ人がいることが、アロンには不思議でならなかった。

バス通りにもどると、歩道の一角に横断幕を張って数人の若者たちがたむろしていた。パレスチナ側に捕虜となっているひとりのユダヤ人兵士を救出するための活動をしているグループだった。白地に青いダビデの星の大きなイスラエル国旗を何枚もつなげて、日除け天幕のスチールの梁に垂らしている。捕まった兵士を心配する気持ちはもちろんあるが、こうした国粋主義的な若者たちの活動には賛同できないので、顔をそむけて素通りした。やがて通りのあちこちに、建国前に裕福なアラブ人たちが建てた大きな石造りの家がたくさん見受けられるようになって、アロンはレハビア地区に入ったことに気づいた。今ではほぼユダヤ人しか住んでいない住宅街だ。大統領官邸があるこの辺りは、自動小銃を手にした警備員が四六時中見張っている。

知らず知らずアロンは、ミミの家に向かっていた。

ミミの家にたどり着いて呼び鈴を鳴らすと、玄関のドアを開けたのは近くに住む叔父のウリで、「おっ、アロンか。こんな時間にめずらしいな」といって笑顔で招き入れてくれた。めんどう見のよいウリは、週一回、祖父母の家、ミミの家、それから自分の家と三所帯分の食料を、古くからある大きなマハネ・ユフダ市場へ買い出しに行き、それぞれの家に配る役目を買って出ていた。祖父母もミミの介護師も、これで市場のひどい雑踏にもまれないですみ、しかも、スーパーマーケットで買うより新鮮で安い物が手にはいって大助かりだった。

ミミは九十六歳という年の割りには気持ちも身体もしっかりしているが、さすがに足もとがおぼつかなくなり、杖をつかないと歩けない。もっと不自由なのは目で、分厚いレンズの眼鏡をかけても、一メートル先もはっきり見えない。ここ三年ほどで老いが急速にきていた。出かけるときはかならず介護師のエレナが付き添う。彼女は二年ほど前から、住み込みで世話をしている。

どうして戦争ばっかりしているイスラエルで働いているのかと、アロンはエレナにきいてみたことがある。だって、ベラルーシは失業者ばかりで仕事なんかないもの、しかたがないの。毎週、国に残してきた夫と子どもたちへ電話をかけて声をきいてるからだいじょうぶ、といったあとで、でも……子どもたちに会いたいわ、と彼女はつい本音をもらした。

居間にはいると、午後も遅い時間だったが、ミミは読書台の上に雑誌を置いて読んでいるところだった。深いしわが刻まれた顔を上げて、ゆっくりとアロンの方を向いた。

「あら、アロンじゃないの。なにか用事でも?」

「うーん。考えごとをしながら町を歩いてきたら、なんとなくこっちに足が向いてしまって……」とアロンはいいつくろって、「ミミ、まだ雑誌や新聞を読んでいるんだ……変わらないね」と話をそらした。

これまで、アロンが前ぶれなしに訪れてくることはめったになかったので、ミミは何かあったのかしらと不審に思った。

アロンからは変わらないように見えてもミミは、以前は午前中だけで読み終えていたのに、目が悪くなるにつれて読む速度がぐんとおちていた。ほんとにいやねー、時間がかかってしょうがないわ。アロンは母親といっしょにきたときに、めずらしくミミが愚痴をこぼすのをきいたこともあった。それでも新聞は英語版の『ハアレツ』紙、雑誌も英語の『ジェルサレム・リポート』を読むのを諦める様子はなかった。

あるとき弟が、ミミはふだんはヘブライ語で話すのに、なぜ新聞や雑誌は英語のものなの、と子どもらしく直球を投げるように尋ねたことがあった。

「わたしはもう七十年近くもここに暮らしているの。みんなともヘブライ語で話しますね。けれど、読みやすいのはハンガリー語と英語なのよ。書くのも同じことです。生まれ育った国の言葉と、若いときに覚えた言葉は、身体の奥にしみ込んでいますからね。あいにくハンガリー語の新聞や雑誌はなかなか手にはいらないから、英語のを読むんです。」

物事をかみくだいてきっちりと答えるミミの横顔を見ながら、アロンは自分の両親はもちろん、イスラエルではだれもがニュース狂みたいで、社会のできごとに関心をもたない人はいないけれど、高齢になっても、じっくり新聞や雑誌を読む意欲があるのはやっぱり特別な人だという印象を強くした。

ミミは若いころ、医者になりたかったんですって、とエレナが教えてくれたことがある。長いこと住み込みで世話をするうちに、彼女は格好な話し相手になっていた。ベラルーシを離れ、高学歴ながら、家族への仕送りのために老人介護の仕事についている彼女は、仕事のあいまによく、ミミの関心のある政治や文学の話の相手もする。それは自身にとっても、わずかな慰めでもあった。

医者になりたくても、あのころブダペストでは、ユダヤ人が大学の医学部にはいることは禁止されていたから、しかたなく教員養成学校でフランス語と英語を専攻したそうよ。大切なものを諦めないといけないときが人生にはある。つらいけど、それが人生、どうすることもできないわ。ユダヤ人でないあたしがこの国に来て働いているのも、しかたないこと。それに、ご両親は、お兄さんをすでにウィーン大学の医学部に行かせていたから、もうひとりは経済的に無理だったんですって。

エレナはずいぶん昔のことを聞き出しているらしかった。

彼女の話によれば、教員養成学校を卒業するころにはミミは、教師になって家から仕事に通うという当初の考えを変えていた。両親の庇護のもとに生活するのではなく、できれば外国で自立して暮らしたいと思うようになっていたようだ。それで、夜間の秘書養成講座にも通い、運良く、教員養成学校で英語を教えていたイギリス人教師からの紹介で、ロンドンの小さな会社で秘書の仕事を見つけ、五年間、働いたという。

最初の半年間は死に物狂いの努力だったらしいわ。二つの大戦のあいだの時期でヨーロッパは比較的平穏だったけれど、いろんな政治の力がうごめいていた時代よ、女の子がひとりで外国暮らしをするなんて、大変なことだわ。

若いころの話をきいて、アロンはますますミミのことを尊敬するようになった。

近ごろミミは、朝起きてから夜寝るまで、何をするにも介護を受けなければならない。それでも、社会への関心はいっこうにうすれない。どんどん目が悪くなると、午前中では新聞を読み終えられずに、昼食後、一時間ばかり休んだあとでも読みつづけなければならないことが多くなった。

新聞や雑誌を読むのは、そうたやすいことではなかった。安楽椅子の横にキャスター付きで自由に移動できる、本を置くためのやや大きめの台がある。その台についたアームは水平に前後に動かせる複雑な作りで、椅子にすわって台を引き寄せ、アームをくるりと回転させて台が自分の目の前にくるようにする。そうして台の上に読むものを置き、台の向こう側を少しもち上げて傾斜させると、読みやすくなる。

うまく考えられた装置は、スープが冷めない距離に住む長女、つまりアロンの祖母が知っている家具職人が作ってくれたものだった。工夫は細部におよんでいて、新聞や雑誌を置く台には大きな拡大鏡が取り付けてあり、これも伸縮自在のアームで位置を調整できる仕掛けになっている。ずいぶん以前に作ってもらったものだが、視力の衰えにともない、拡大鏡のレンズはなんども取り替えた。

いくらすぐれものの装置の力を借りて読むとはいっても、今では一行一行、一字一字、文字を拾いながらゆっくり読み進めるので一日がかりの作業になっている。それでもミミには諦める様子はなかった。執着というよりも、別の何かがわたしをまだ駆り立てている、と自分で思うこともあるようだった。

ミミの呼びかけに、まともに顔を見せようともしないまま居間の窓辺に回り込んだアロンを、彼女はさりげなく目で追っていた。

「こないだのコンサート、どうだった?」

何かいわなければと、話の接ぎ穂に彼が口にしたのは、ミミの好きな音楽の話だった。

「ああ、エルサレム劇場小ホールのコンサートね。あれは、現代音楽だったの。」

「へえー、そういうのも聴くんだね……。」

アロンは話のきっかけがつかめてほっとしたように、ミミのところへ寄って来て、安楽椅子の背もたれに手を置いた。

「いいえ、ふだんはバッハとかモーツァルトとか、ふつうのクラシック音楽ばかり。でも、あいにくプログラムは短い現代音楽の作品だけで、演奏が始まる前はちょっとがっかりしていました。」

「現代音楽って、難しそうでわかんないよ。」

「あたしもそう。……秩序立っていないような音と、脈絡もなくはいる突拍子もない声。そういうのになじめなくて。ところが、今回はちがいました。プログラムのうちの一曲がずっと心に残ったの。二十分にも満たない曲で、アコーディオンとビオラとパーカッションという珍しい組み合わせ。女性の語りのようなものが加わるところもあって……そこにアコーディオンの、川がざわざわと流れるような音が重なって、心をかきむしられるようになった……。音楽があんなふうに身体のなかにはいり込むって、初めてのことでした。」

「なんていう曲？」

「知らない名前の作曲家で……曲名は『川よ《ネハロット》、川よ《ネハロット》』だったわ。……あの重苦しい音楽、いいえ、音の重なりが、どうしてわたしをあんなに深くて暗い所へ引きずり込んだんでしょう。怖かった。聴きながら、なんだか胸が押しつぶされるような気持ちになったの……それくらい、あのふぞろいな音が生み出す世界にはいり込んでいたということかしら。」

　ミミが遠くを見るような目をして、新しい曲との出会いを吐露するのをきいているうちに、アロンははっと気が付いた。

　まるで重しでもかかえたようなうっとうしい気分でたどりついてみたら、ひとりで歩くのもままならない九十六歳になる老人がいて、新聞も雑誌も一日も欠かさずに読んでいる。そのうえ、未知の音楽にも身をさらし、社会で起きているできごとに耳を澄ませている。アロンは、そのまま「ネハロット、ネハロット」の世界にひたっているかのようなミミの肩にうしろからそっと腕をまわした。

　そして、ふと目の前を見ると、読書台の上に開かれた雑誌のページにある「夢への鎮魂歌」という見出しが目に飛び込んできた。思わず声を出して読み上げると、にわかに現実に連れ戻されたミミが、

「この国はどこへ向かっているんでしょうね……みんな、大きな夢を実現するためにここへやってきたはずなのに……」

と、彼の目を見てつぶやいた。

心のなかのもやもやもあり、問いかけの中身も重すぎて、とっさにアロンには答えられなかった。

「アロン、ステレオのスピーカーの上に出してあるCD、かけてくれる？　なんだか、急に聴きたくなってしまったわ。どう？　いっしょに。」

ミミはさりげなく、救いの手を差し伸べた。

CDを手にして、アロンはジャケットを見た。アルメニア人の音楽らしい。ついさっき話していた現代音楽といい、この民族音楽といい、彼女の感受性の豊かさに、彼はあらためて目を開かされる思いがした。ミミは安楽椅子の高い背もたれに頭をあずけ、目を閉じてアロンがかけてくれた音楽に聴き入っていた。

草原か、なだらかな緑の丘のようなものが幾重にも重なって、はるかかなたは青みがかった薄墨色となり、消え入りそうなほど遠くへつづく、どことも知れない風景が彼女の頭のなかに広がった。ゆったりと民族楽器の憂いに満ちた笛の音が流れ、そこに消えることのない記憶とやがてくる死を感じさせる寂《さび》のある男性ヴォーカルが重なると、それはもう、やるせない哀しみの世界だった。

市場で買い込んできた物の仕分けに手間取っているウリとエレナがキッチンで話す声が、遠い世界の片隅からのようにきこえてくる。

「野菜はいつもどおりだよ。今日はいい魚がなくて、鶏肉とマトンだけだ。あ、ハーブのザアタルも忘れずに買ったよ。それと、パプリカも。」

「じゃ、今日はいくらになるかしら?」

いつものようにウリが計算してエレナが支払いをすませ、彼が帰っていく音がする。ひととおり用事をすませたエレナもミミとアロンのいる居間にきて、入口近くの椅子にそっと腰かけた。

三人が静かに音楽に耳を傾けているレハビア地区は平穏そのものだったが、アロンの心中はいつものように落ち着かなかった。昼間のクラスメートとの口論のこともあったが、週末に、パレスチナ人支援団体が主催して上映されたドキュメンタリー映画のなかで見た光景が、アロンの脳裏に焼きついて離れなかったからだ。占領地のヨルダン川西岸地区にあるパレスチナ人村でオリーブ畑の樹がつぎつぎにブルドーザーでなぎ倒されてゆく様は、おぞましいものだった。

おまけに、ついさっきミミが彼の目を見てつぶやくようにいった、この国はどこへ向かっているんでしょうね、という問いかけが、頭のなかをめぐっていた。

アロンは哀切なメロディーに身をまかせながら、そのとき即座に返せなかった答えを探すうちに、なぜかひとりでに、そうだ、この国はすでに取り返しのつかない一線を越えてしまったんだ、という考えに行き着いた。そして、音楽に心の底まで慰められて、小さな決意と勇気のようなものが湧いてくるのを感じた。

曲が終わると、アロンはCDをジャケットにしまって、「じゃ……またね」とミミにいうなり、エレナにも目くばせし、憑き物が落ちたような顔をして帰っていってしまった。

その晩、ふたりで簡単な夕食をとっていたとき、エレナがふと「アロンに何かあったのかしら……」といぶかしんだ。

ミミは口の中のものをゆっくりかんで飲み込むと、「あの年ごろは大変ね……」といったきり、食事の手を休めずに思いにふけるふうだった。静かに夕食を終えると、「そろそろニュースの時間ですね」といってエレナはテレビのスイッチを入れてから、キッチンで後片付けを始めた。

十時になると、エレナはミミの手をとって寝室へ導いて寝支度にかかった。ミミは分厚いレンズの眼鏡をはずし、ゆったりした寝間着に着替えてベッドにはいり、エレナの目をまっすぐに見ていった。

「明かりはそのままでね。自分で消すわ。今日も一日、ありがとう。」

眼鏡がないと、部屋中がぼうっと霧が立ちこめたように見える。アロンの落ち着かない様子が気になって、ミミはなかなか寝付けなかった。

アロンは来年、十八歳になると、もう兵役につく年齢だ。この国では、すべての男性は三年間、女性は二年間の兵役に服さなければならない。

「ミミ……ぼく、この国で暮らしていけるかな。」

いつか彼が、そうぽつりと口にしたときのことが思い出された。

「わたしも夫も、約束の地シオンへの帰還を目ざすシオニズムに熱烈に共鳴してここにきたわけではありませんでした。でもイスラエル国ができたときは、とにかくうれしかった。帰る所はすでになく、ここで暮らしてゆくしかないのですから。」

この国で生きていく覚悟を伝えた彼女の顔をアロンは、なにか一心に考えているような目をして見ていた。

遠い昔、若いころにロンドンで秘書をしたあと、ミミはハンガリーにはもどらず、そのままパレスチナに移住してきてテルアビブの貿易会社に勤めていた。ガリラヤ地方で農業《キ》共同体《ブツ》を造っていたハンガリー時代からの知り合いからは、そんな事務仕事なんかやめてしまえ、シオニズムの精神にもとるぞ、とばかにされた。みんなが熱っぽくキブツ造りに励み、大地に根ざした労働が賛美された時代だった。

これも遠い昔、結婚したミミはエルサレムの町外れのベイト・ハケレムというユダヤ人居住地区に住んでいた。ヘブライ大学のギブアット・ラム・キャンパスが近いこともあって今では大学教授たちも多く暮らす所だが、そのころは郊外の農地だった。とうに亡くなった夫はそこで酪農をやっていた。近くの村に住むアラブ人たちが夫の農場で働いていたし、アラブ人にも友人や知り合いがたくさんいたけれど、彼らもちりぢりになって姿を消してしまった。

そして、一九六七年の六日戦争が勝利に終わり、シナイ半島の戦線にいた夫が肩から自動小銃を吊るし、砂まみれで家にもどってきたときには、国中が勝利の歓喜に酔いしれ陶酔感に浸っていた。夫が無事に帰ってこられて安堵しながらも、近所の人々の常軌を逸した喜びように、ミミも夫もひどく違和感を覚えたものだ。

あのころからこの国の歯車が狂いはじめた。ミミは、そう思い返しながら、ベッド脇の明かりを消して眠りについた。

その年のイスラエルの冬は雨が多く、あちこちの涸れ谷《ワジ》で土石流がおきて、道路が寸断される所も出るほどだった。エルサレムも雨がちで、寒かった。だいたいクリスマスの時期に重なるユダヤ人の灯明《ハヌカ》の祭が始まるころも、冷たい雨が降りつづき、ミミも、何日も散歩に出かけられなかった。

ユダヤ人の祭が血なまぐさい歴史に由来していることが多いので、ミミはあまり祭日に熱心ではなかった。それでも、ハンガリーでの子ども時代に、ユダヤ教にはまったく無関心だった両親がやっていた程度の、どんなユダヤ人でもするような年中行事だけは欠かさなかった。ハヌカの最後の晩、ミミは八枝の燭台《ハヌキヤ》に八本すべての蠟燭を灯した。

夜八時を回ったころ、玄関の呼び鈴が鳴った。ミミとエレナは夕食を終え、テレビのニュースを見ていたところだった。こんな時分にだれかしら、とドアを開けに行ったエレナが「アロンとシャロンがおそろいで来ましたよ」と、驚いた声をあげた。

「こんばんは、ミミ」と、ずかずかと居間に先にはいってきたのはガールフレンドのシャロンだった。髪も服も雨で濡れていた。アロンがしばらく前からクラスメートと付き合っているのはミミも知っている。アロンの家での安息日《シャバット》の昼食にいっしょに招かれることが多く、もう顔なじみだった。

シャロンは父親を一九八二年にPLO、パレスチナ解放機構の拠点を攻撃したレバノン戦争で亡くし、つい二年前には母親を癌で亡くした。それからは五歳年上の兄と年子の弟と三人で暮らしている。立て続けの不幸にもかかわらず毅然としたところがある少女で、ミミは好感をもっていた。

「ミミ！　アロンになんとかいってやってよ！　けんかになってるの。こんな時間に悪いと思ったけど、どうしてもきいてほしくって。」

シャロンがミミの傍らに寄ってきて、せっぱ詰まったように訴えた。

「彼ったら、兵役を拒否するっていうの！」

あとからきて、両手をズボンのポケットにつっ込んだまま居間のドア枠に身体を斜めにして寄り掛かったアロンは、雨に濡れた長い前髪の下から上目使いに彼女たちの方を見た。

ミミはテレビを消し、若いふたりをかわるがわる見やった。

「あたしは兵役につく。パパは戦死したし、政府がやることに腹が立つときもあるけど、だれかが守らないと、この国を。どうしたらいいかわからなくなることもある。それでも、だれかが……。」

そこまでいうとシャロンは急に思いがこみ上げてきたらしく、言葉に詰まった。シャロンが話すあいだアロンは、彼女のうしろでミミに何かいいたそうな目をしていたが、口を開かず、すぐに目を伏せた。

ミミはふたりから視線を移さずに、そろそろと椅子から立ち上がり、目の前のシャロンをそっと抱きしめた。か細いミミの腕の中で、彼女は身体を震わせながらすすり泣いた。

窓の鎧戸に激しく打ちつける雨の音が続いていた。

絶対的平和主義者として、どんな戦闘行為にも軍事行動にも加担したくない。占領地での警備任務にもつきたくない。これが兵役についてアロンが出した結論だった。が、悩みも逡巡もすっかりなくなったわけではなかった。兵役拒否の意志を表明すると、なんどか短期間だが軍の刑務所に収監され、軍の良心委員会で厳しい尋問にさらされた。決心をゆるがそうとする巧みな誘導や脅しのようなものもあったが、やはり信念を曲げなかった。

両親はふたりとも兵役を務めたうえに、父親はいまだに予備役にも就いている。そうした両親とは激しい議論になることもあり、数カ月のあいだ、家の中の空気がピリピリしていた。それでもアロンの気持ちが変わらないのをみると、「敵に囲まれた国だ。国民ひとりひとりが貢献しなきゃならないんだが……」といいつつ、父親は諦め顔をした。「みんなが務めてることなんだし、三年だけ我慢すればすむんだけど、やっぱり決心、変わらないのね。いったん決めたら変えないところは、ミミと似てるわ」と、母親は観念したようにいった。どちらも責める口調ではなかったのが、せめてもの慰めだった。

こうしてアロンは「プロフィール21」とよばれる兵役不適合者となり、兵役をまぬがれた。そのあとはしばらくのあいだ、非行青少年の更生施設で教師の補佐として勉強を手助けする社会奉仕活動をしていた。それから半年たって、あるイギリスの財団から申請していた奨学金をもらえることになった。大学への留学は無理だとそろそろ諦めかけていたところだったので、アロンにとっては、とつぜんふってわいたような朗報だった。兵役拒否を表明してから二年が過ぎていた。

イギリスに住みはじめてからも、これでよかったのだろうかという疑問はいつもつきまとっていた。イスラエルに残って平和活動をするとか、ほかになにか別の道もあったかもしれないし、国を見捨てることになりはしないかどうか、自信がもてなかった。それでも、こうする以外に道はなかった、とアロンは自分にいいきかせた。あの国に暮らしつづけるのは、もう無理なことだった、と。

ミミとは電子メールではなく手紙をやりとりしていたが、そのうちの一通の長い手紙はヘブライ語ではなく英語で書かれていた。細かい機微を伝えるには、同じように後で学んで身につけた言葉でも、ヘブライ語より英語のほうがまさっていると、いつも彼女がいっていたことを思い出した。

アロン

お元気ですか。

あなたがイスラエルを発ってから、もう半年近く経ちました。先日の手紙に、揺れる自分の気持ちを正直に書いてくれたので、私もきちんと返事を書いておこうと思いました。

アロンも知っているように、私は若いころからいつでも、世界で起きていること、とくにイスラエルで起きていることに注意して関心を寄せてきました。最近になって、昔は軍事機密だった多くの事実が情報開示されて、イスラエルが過去に犯した過ちについても、いろいろわかってきました。

心が痛みます。これが事実なら、私たちはなんと無知だったのだろうかと悔やまれます。とはいえ、軍や政府が決めて実行したことを、一介の市民には止めることなどできはしなかったでしょうが、大きな過ちが犯されたことは事実です。それに気づかずにいたことが悔やまれ、自分を責めています。

絶対にこのイスラエルの地から追放されないぞ、という姿勢を見せないとやられてしまうから、やられる前にやる、という姿勢がイスラエルでは培われてきました。この国を世界地図から抹消すると豪語する他国の指導者もいる以上、しかたないことなのでしょうか。

それでも、私はどうしても政府のやりかたに賛成できません。

常に弱者だったユダヤ人が、懸命に強くなろうとしています。それはいいでしょう。でも、強さにもいろいろあります。

アラブ人を含め、この国にいるすべての人が平等に暮らせる社会でなければ、私には納得できません。あるいは、アラブ人たちが自分たちの国をもつことを認める勇気を、わたしたちはもたなければなりません。それが、ほんとうの強さではないでしょうか。

イスラエルは道を大きく踏み外してしまいました。悲しい現実です。

アロンはこの国から出ていきました。非難する人もいるでしょう。私はあなたの兵役拒否の決断も、外国に暮らす決断も、非難しません。アロンの人生はあなた自身のものです。人からとやかくいわれても、自分が正しいと思う生き方を選ぶ意志をもつ若者に成長してくれたことを、私は誇りに思います。

でも、私はイスラエルがどんな国になろうとも、ここで生きつづけるつもりです。老い先短い身だから、というわけではありません。たとえ、私がまだ四十代だったとしても、同じことをいったでしょう。この国が過去に犯してしまった過ちをこれだけ知ってしまった以上、そして今もつづけている過ちがある以上、私はこの国を離れるわけにはいきません。

私はこの国が生まれる前からここに暮らし、この国が生まれたときには心から喜びました。ハンガリーの家族は全員ナチスに殺されましたし、ドイツから来た夫の家族も生き残った者はいません。イスラエルに住む以外に選択肢はありませんでした。ですから、イスラエルという国ができたときはうれしかったのです。
ところがどうでしょう、この国は少しずつ変貌して、もはや無惨な残骸みたいなものに成り果ててしまいました。アラブ人にたいしてしてきたこと、そして占領地でやっていること、目を覆いたくなるようなことばかりです。私はこの国が変わりゆくありさまをしっかり見届けてきました。

心が疼きます。

人生の最後の段階を迎えて、この国に暮らすユダヤ人として、この国が過去に犯しいまだにつづけている過ちと蛮行を、自分の罪として背負って生きること。これが私の最後のせめてもの償いだと、だいぶ以前から考えてきました。

ラテン語の「メア・クルパ」という言葉を知っていますか？

わが過失なりとか、罪はわれにありとかいう意味です。

アロンがこんな言葉を知っているはずはありませんね。あなたの年代の人たちはラテン語は必修科目ではありませんよね。でも、もし知っていたら、ごめんなさい。

イスラエル国はもちろんのこと、そこに暮らすユダヤ人全員が「メア・クルパ」といわなくてはいけないと、私は考えています。つまり、ちょっと難しい言葉を使えば、集合的罪責感です。罪に加担してきたんです、たとえ知らなくても。たとえ、手を下さなくても。

生涯でこれほど無力さを感じたことはありません。

私は若いころからいつでも、自分がやりたいことがあれば、考えて、人の意見もきいてから、自分で決断して実行してきました。

それが、今は深い無力感に襲われています。もう、肉体的にもひとりでは何もできないという衰えもあるからかもしれませんが、それよりも、この国がしたことを、若いころにきちんと見抜く目をもてなかったことが恥ずかしいのです。そこからくる無力感でしょう。

せめてわたしにできることは、ここにいて、この国がどうなってゆくのかを、しっかりと見届けることだと思っています。罪の意識をもって。そして、恥の心をもって。

心の疼きは耐えがたいこともあります。とくに、こんな年寄りになって、自由に動くこともできない身体になってはなおさらで、無力感さえともなう毎日です。

でも、これこそ、人間にとっていちばん大切なものを私がまだ見失っていない証拠だと信じています。

それでは、アロン、十分身体に気をつけて、しっかり勉強してください。
あなたのことを誇りに思うミミより

手紙を受け取ってから半年後、ミミが亡くなったという知らせが届いた。アロンは葬式と七日間の喪《シプアー》に出席するためにエルサレムに駆けつけた。シャロンには新しいボーイフレンドができていた。学期中だったので長居はせずにイギリスに戻り、北アイルランド問題をテーマにした卒論のための膨大な資料を読むことに専念することで、気を紛らわそうとした。

しばらくして復活祭の休みになるころ、無性にエルサレム近くの岩石砂漠が恋しくなった。ほこりっぽいアザミ属の草がところどころに生える以外、砂と石と岩石だけの荒漠とした場所に身をさらすのは、怖い。素っ裸にされて、ずっと上の方から大きな目で心の奥底まで見透かされているような気持ちになる。でも、それはときどきやらなきゃいけない儀式みたいなものだ、とアロンは感じていた。

岩石砂漠など北ヨーロッパでは望むべくもない。代わりとなる景色を求めてアイルランドの西海岸へ向かった。春だというのに寒かった。雨模様で、ときどき太陽が顔を出すと虹が出る。緑したたる草地のいたるところに羊がいた。

海岸の切り立った断崖の上に立つと、砂漠と見まごう茫洋と広がる大西洋が目の前に開けた。崖の下では怒濤が逆巻き、これでもかと絶えず岩に打ちつけ、砕け散った。海は荒れ、鉛色の空は果てしなく、かろうじて見える水平線で海と空の鈍い色がひとつになっていた。

そのとき、ふっと、鈍色のなかに、あの国で最後まで生きることを自らに課したミミの顔が浮かんで消え、吹きつける風にあおられるようにして、手紙のなかにあった「メア・クルパ」という言葉がよみがえった。

本書は書き下ろしです。
この本に出てくる人物と事件はすべてフィクションで、
実在の人物・団体とは関係ありません。

エルサレムの悲哀《ひあい》

二〇一八年七月二五日　第一刷発行

村田《むらた》靖子《やすこ》――著者

菊地信義――装幀者

関　宏子――編集者

遠藤真広――発行者

木犀社――発行所

長野県松本市浅間温泉二―一―二〇　〒三九〇―〇三〇三

電話〇二六三―八八―六八五二

信毎書籍印刷――印刷所

川島製本所――製本所

ISBN978-4-89618-067-1 C0093

木犀社の文芸書

サマン

アユ・ウタミ
竹下 愛訳

インドネシア現代女性文学の金字塔。開発が進みグローバル化するジャカルタを起点に、スマトラからニューヨークを行き来し出会い、性、宗教、政治のタブーに挑みつつ新たな生を探る、神父サマンと四人の女たち。

イリアン 森と湖の祭り

Y・B・マングンウィジャヤ
舟知 恵訳

インドネシアを代表する作家の邦訳三作目。森と湖に覆われ、裸のままに暮らす人たちの住む、辺境の島イリアン（パプア島）を舞台にした、悩める神父ラハディの、愛と再生の物語。

ソウル・スケッチブック

ヤン・グィジャ
中野宣子訳

旅では見えない人景色。めまぐるしく変貌する街ソウル。人びとの暮らしにほのめく、ゆらめき光る心の風景を描く。韓国の女性作家初の邦訳短篇集。原題『街角で出会った人びと』。

バナーラスの赤い花環

上田恭子

インド、バナーラス（ベナレス）で出会ったミニアチュール絵画の心惹かれる赤の魅力は、心温まるかたわらの人びとに似る。匂い立つばかりに綴られる、ガンジスの水に浮かぶ古都の日々。

ユーラシア無限軌道

みやこうせい

ルーマニアの村々を中心に、地を這うごとくユーラシア大陸の隅々まで旅すること百回超。写真家にして稀なる自由人の、旅と人と書物への思いのたけが詰まった、ウィットに富むベストエッセイ集。

うらやまし猫の恋
越人と芭蕉

吉田美和子

あやしい猫の声に誘われ、越人のあとを追い、俳諧の深みにはまる。うちつどい興じるさんざめきのまにまに、尾張・更科・江戸深川……夢のような旅路の果てに芭蕉に捨てられた男の歯軋りが聞こえる。

単独者のあくび
尾形亀之助

吉田美和子

中原中也、吉田一穂に並ぶ「絶対詩人」尾形亀之助。どこへも追随しない男は、寝ころぶしかない。寝ころんだまま動かず、独り存在の虚ろに耐え、全身で社会と向き合い、歩みよる戦争に抗して食を断ち、生を閉じた。